ALBA
Geschichte einer Transformation

AF190242

Wien, 2018

Weil es im Leben immer wieder diese eine
entscheidende Frage zu beantworten gilt:
Hat der Verstand genickt oder das Herz geklopft?

Die Antwort steht oft mitten in einem Buch.

Sonja D. Stern

Manchmal kommt es einem so vor, als hätte man eine
Namen schon einmal gehört oder einen Ort, der in
diesem Buch vorkommt.
Reiner Zufall ☺

Copyright 2018 Sonja. D. Stern, Wien
Alle Rechte vorbehalten
Umschlaggestaltung: Sonja D. Stern
Model: Christina Ni

Kontakt: Sonja.D.Stern@gmail.com

Bibliographische Information der Deutschen
Nationalbibliothek: Die Deutsche Nationalbibliothek
verzeichnet diese Publikation in der Deutschen
Nationalbibliographie; detaillierte bibliografische
Daten sind im Internet über dnb.dnb.de abrufbar.

© 2019 Stern, Sonja D.
Herstellung und Verlag: BoD – Books on Demand,
Norderstedt
ISBN: 9783749469246

MIX
Papier aus verantwortungsvollen Quellen
Paper from responsible sources
FSC® C105338
FSC
www.fsc.org

Dein Herz ist das Navi!

Dora sieht nach unten. Es ist tief. Adrenalin flutet ihren abgemagerten Körper. Sie schließt die Augen. Sie springt. Sie fällt. Sie hört nichts. Sie kann die Augen nicht mehr öffnen. Sie fällt so tief wie nie. Alles wird schwarz.

RESET

Das ganze Leben auf RESET. Tiefer fallen als je zuvor. Der Flug endet nicht. Dora fühlt. Sich. Frei. Ihre Augen bleiben geschlossen, aber ihr Mund lächelt. Das ganze Gesicht lächelt. Dann ist es vorbei. Still.

Wie geht es Dir?

Der Mann von der Bungee-Anlage hilft ihr aus den Gurten. Dora sagt nichts, sie grinst nur. Und geht. Gelassen. Leicht. Es ist mehr wie schweben. Sie dreht sich um. Danke. Mir geht's gut. Ich heiße Alba ruft sie. Ich bin Alba. Alba wie Alpha. Der Anfang.
Dora ist tot.

Alba geht zur Bushaltestelle. Dann hält sie kurz inne und bestellt einen Wagen über eine App. Eine dunkelblaue Limousine hält an. Hallo Dora! Der Fahrer hat einen blonden Pferdeschwanz. Von der Seite sieht er aus wie Jonny Depp. Hallo Daniel. Bei diesem Fahrtendienst weiß man immer, mit wem man es zu tun hat.
Ich heiße Alba.
Oh, Entschuldige.
Erst seit heute.
Daniel wirft einen Blick in den Rückspiegel und fährt

los.

Halt. Bitte halten Sie hier an, Daniel. Warten Sie bitte.
Ich bin gleich da. Alba geht in die kleine Trafik.

Einen Lottoschein bitte.
Der Trafikant schaut das dünne Mädchen an. Soll sich
lieber ein Wurstbrot kaufen.

Alba kreuzt sechs Zahlen an. Bedeutungslose Zahlen.
Einmal Jackpot bitte.

Sie lächelt nicht. Sie ist gelassen.
Kommt sofort. Der Trafikant legt ihr einen
Traubenzucker auf die Quittung.
Danke für den Jackpot. Und den Traubenzucker.

Alba steigt in ihr UBER. Jetzt nach Hause bitte. Sie gibt
Daniel 10 Euro Trinkgeld und sagt ihm, dass er von der
Seite aussieht wie Jonny Depp.

Alba betritt ihr Apartment im ersten Stock. Altbau.
Jahrhundertwende. Hohe Decken, liebevoll
eingerichtet. Mit mehr Fantasie als Geld. Sie füllt
Kaffeepulver in den Espressokocher und frisches
Wasser und stellt ihn auf den Herd. Dann lässt sie sich
ein Bad ein. Mit einem ordentlichen Schuss von dem
teuren Badeöl, das nach Rosenblüten riecht. Schnell
duftet die ganze Wohnung danach. Das Adrenalin im
Blut wird weniger. Es war nicht so wie beschrieben.
Sie war nicht überdreht. Sie hat auch nicht laut
geschrien. Sie hat nur ein wenig gezittert. Der Sprung
hat ihr Hirn auf *Reset* gesetzt. Der Sprung hat Dora
getötet. Und Alba erweckt.

Der Sprung. RESET. Dora war falsch programmiert.
Ganz falsch.
Auf Opfer. Auf Hamster. Auf Hamsteropfer.

Alba sieht in 5D. Sie fährt ihren Prozessor hoch. Sie
fühlt Lust aufsteigen von ganzganz tief unten. Lust auf
ihr Leben.

Es ist 18.55 Uhr. Alba steigt aus der Wanne, wickelt
sich in ein großes weißes Badetuch und gießt den
heißen Kaffee in eine große weiße Porzellantasse. Sie
dreht den Fernseher auf.
Es ist 18.59. Wir kommen zur heutigen Ziehung.

9.10.18.30.31.36
Jackpot. Doppeljackpot. Triplejackpot. 73 Millionen.
Euro.
Ein Gewinner.
Alba fühlt den zusammengerollten Schein in ihrer
Hand. Ihre Hand ist kühl und trocken.

Geht doch.

Alba lächelt. Sie setzt sich auf ihre große Matratze
voller bunter Pölster - ihr Sofa - zieht die Beine an,
streichelt ihre dreifärbige Katze, nimmt einen Schluck
von ihrem Kaffee und sucht einen Film auf Netflix. Sie
hebt die Katze behutsam hoch und legt sie sich auf
den Schoß.
Ich heiße Alba. Na Fiona? Willst du auch einen neuen
Namen?
Cleopatra?
Orlanda?

Virginia W.?
Ildiko von K.?

Alba erwacht am Sofa. Es ist Morgen. Sie hat
geschlafen wie ein toter Stein. Auf dem kleinen
weißen Glastisch steht noch die halbleere Kaffeetasse
und daneben liegt ein grünrotes Röllchen Papier. Alba
sieht auf die Uhr. Es ist halb zehn. Sie holt den Hocker
und nimmt die Uhr von der Wand. Es ist eine weiße
Ikea Kunststoffuhr. Behutsam legt sie die Uhr in den
Mistkübel. Sie nimmt ein Blatt Papier und ein weißes
kleines Kuvert aus einer Schublade.

> *Dora kommt nicht mehr zur Arbeit.*
> *Sie ist gestorben. Bitte überweisen Sie*
> *das Geld, das Sie ihr noch schulden.*

Alba füttert die Katze und kocht frischen Kaffee. Sie
zieht ein grünes Kleid an. Weitere drei Kleider legt sie
auf ihr Bett. Sie holt ihre zwei alten Rollenkoffer hinter
der Kommode hervor und legt den großen orangen
auf das Bett und einen kleinen grünen auf den Boden.
Mit beiden Händen greift sie nach den Kleiderbügeln
und holt alle ihre Kleider, Jacken, Mäntel aus dem
Schrank. Den himmelblauen flauschigen Wollmantel,
den schwarzen Kaschmirpullover von ihrer Mutter
und eine schmale schwarze Hose nimmt sie zur Seite.
Und ein Paar Shorts und zwei einfache T-Shirts, eines
schwarz und eines hautfarben. Alle anderen Sachen
faltet sie ordentlich zusammen und packt sie in den

großen Koffer. Zufrieden betrachtet sie die leere Kleiderstange.

Sie holt sich heißen Espresso aus der Küche und setzt sich auf ihr Bett. Die schöne Katze kommt und zwinkert ihr zu. Na? Schon überlegt? Wie soll ich dich nennen? Marilyn? Nein?

Jeder hat das Recht, sich selbst einen neuen Namen zu geben.

Ildiko von K., sagt die Katze.
Auch sehr schön.

Alba schlüpft in ihre goldenen Sandalen, schnappt sich den größeren der beiden Koffer und geht. Die Sonne strahlt, der Himmel ist blau. An der S-Bahn-Station steht die Frau, die immer dort steht. In der Hand die Zeitung, die sie verkauft, in Folie gehüllt, seit Monaten dieselbe Ausgabe. Die Zeitung gibt ihr das Gefühl, etwas zu tun und nicht nur einfach zu betteln. Alba öffnet den Koffer. Gefällt Ihnen irgendwas? Suchen Sie sich etwas aus! Sie hält ihr ein schönes Blumenkleid hin und dann noch ein anderes und einen Blazer. Das passt zu Ihren Haaren, das würde ich nehmen. Hier. Auch die Schuhgröße passt. Sie lässt ihr den ganzen Koffer da, und freut sich über die Ballastlosigkeit beim Nachhause gehen.

Der Vermögensberater der Lottogesellschaft möchte Alba beraten. Danke. Aber nein. Danke. Sie schreibt ihm ihre Kontonummer auf. Drei Tage wird es dauern. Danke.

Danach geht Alba in das Büro des Immobilienmaklers zwei Gassen weiter und gibt ein Kaufanbot für das Zinshaus ab, indem sich ihre kleine Wohnung befindet. Es ist kein besonders großes Zinshaus. Sie will keine Miete mehr zahlen. Und sie will selbst entscheiden, ob und wann sie wieder auszieht. Jetzt hat Alba Hunger. So richtig Appetit auf warmes Essen. Das Gefühl hat sie schon sehr lange nicht mehr gehabt. Sie setzt sich an einen kleinen Tisch in dem neu übernommenen Restaurant. Sie mag die Holztische und die weißen Sonnenschirme. Auf der Tafel steht, es gibt heute gegrillte Tintenfische mit Spinatkartoffel. Eine dalmatinische Spezialität. Albas Vorfahren kommen aus Dalmatien. Das Essen kommt aus der Küche und ein Mineralwasser. Alba isst wortlos alles auf. Ohne Hast. Sie genießt jeden Bissen. Sie zahlt und steht auf. Sie will nach Hause. Sie möchte sich einen Kaffee kochen mit ihrem italienischen Espressokocher und den frisch gemahlenen Kaffeebohnen aus Afrika. Die mit dem blauen Elefanten darauf. Auf dem Heimweg kommt sie beim Optiker vorbei. In dieser Straße gibt es viele kleine Geschäfte. Eine rosa Sonnenbrille einer bekannten Marke für Piloten liegt in der Auslage. Alba geht in den Laden und kauft sie. Sie fragt nicht nach dem Preis. Alba setzt ihre neue rosa Brille gleich auf. An einer Hecke mit Buschröschen bleibt sie stehen, um an den Blüten zu riechen. Der Himmel hat eine schöne blaue Farbe. Wie frisch geöffnete Babyaugen.

Zuhause legt sich Alba auf ihr Sofa. Sie bettet ihren Kopf auf das goldene Samtkissen. Es war teuer. Sie hat es sich geschenkt, als sie das Bedürfnis nach etwas weichem, luxuriösen und glänzenden hatte. Sie wird lange Freude haben daran. Dann schläft Alba ein.

Sie schläft 20 Stunden und träumt nicht. Wie eine Katze.

Es ist wieder hell draußen, als sie aufwacht. Sie setzt sich an den Tisch und öffnet ihren alten Laptop. Alba grübelt nach. Es fühlt sich so an, als hätte sie irgendetwas vergessen, irgendetwas übersehen. Die Emails in der dicken Schrift sind die ungelesenen. Diese Emails sind für Dora. Alba löscht den Account.

Alba geht zum Fenster. Sie wohnt in einer schönen Gegend. Parks, Eisgeschäfte, Cafés, Buchhandlungen, Optiker, ein kleiner Gemüsemarkt, Änderungsschneider und Frisöre. Alba setzt sich zu ihrer Katze Ildiko von K. auf den Boden und stellt eine große weiße Tasse mit Milchkaffee daneben. Sie betrachtet ihre Füße und streicht über ihre Beine.

Arme Stiefkinder. Die Haut ist rau an den Fersen und der rote Nagellack abgeblättert. Ohne blutroten Nagellack an den Zehennägeln fühlt sich Alba nackt. Nie würde sie ohne das Haus verlassen. Kirschrot geht auch. Die Nägel sind kurz und der Lack nicht immer makellos, eigentlich fast nie. Weil sie nie warten kann, bis er richtig trocken ist. Sie nimmt ihre Schlüssel und das kleine gelbe Portemonnaie und verlässt das Haus.

Dann fährt sie mit dem Bus und der Straßenbahn in die Stadtmitte, Hotel am Ring. Sie betritt die große dunkle Lobby, edel beleuchtet. Alle sind schwarz

angezogen und lächeln Alba professionell freundlich an. Es duftet nach weißem Thymian. Sie tritt an den 17 Meter langen Rezeptionstisch heran. Einmal Pediküre bitte. Sie dreht ihre Handflächen nach oben und betrachtet ihre Fingernägel. Und Maniküre auch bitte. Der hübsche blonde Concierge strahlt sie eifrig an und bittet sie, ihm zu folgen. Er geleitet sie zu einem Aufzug. Alles schwarzgold.
Und drückt für sie auf den goldenen Knopf.

Im Souterrain finden Sie unser Spa. Dort wird Ihnen gerne weitergeholfen.

3 Stunden später. Alba fühlt sich wie ein frisch gewickeltes Baby nur mit roten Fingernägeln. Rouge Essentielle. Alle Nägel, auch die an den Füßen.

Alba geht aus dem Goldschwarz hinaus ins Licht. Sie spaziert in die Stadt hinein. In der Stadt, in der Alba lebt, lässt sich im Sommer gutes, wirklich gutes Eis essen. Italienisches Eis. Veganes Eis. Frozen Joghurt. Matchaeis. Kürbiseis, Waldbeereis, Veilcheneis, Roseneis. Alba lebt im Tichyland, da gibt es Eismarillenknödeln und Schneekugeln von Mai bis September.

Der Eislebensstandard ist sehr hoch. Alba hat Walderdbeergeschmack auf der Zunge und freut sich. Alba hat dasselbe Kleid an wie gestern. Es ist grün, ein bisschen verdrückt und nichts Besonderes.

Aber Alba ist es. Albas Augen haben dieselbe Farbe wie ihr Kleid. Eine sehr seltene Farbe für Menschenaugen auf der Erde. Auroraborealisgrün.

In der Auslage einer winzigen Boutique sieht Alba ein sehr helles Kleid, eine Schaufensterpuppe hat es an und es ist gehäkelt. Es geht bis zum Boden. Lauter Blüten und Blätterranken reihen sich aneinander wie von Elfen zusammengeflochten. Das richtige Kleid, um in der Wiese zu liegen und in den Himmel zu schauen. Alba sieht, das das Kleid mit Liebe gemacht wurde und mit den Händen. Alba tritt ein. Die Verkäuferin holt das Kunstwerk aus cremefarbenem Garn aus der Auslage. Alba streift es vorsichtig über, es ist sehr weich und es dehnt sich, es fühlt sich schön an auf der Haut. Es fließt über ihren Körper und endet genau am Boden. Zwischen den Blumen kann man ihre Haut sehen. Alba lässt das Kleid an.

Die Verkäuferin findet, es ist wie für sie gemacht. Sie packt ihr etwas verdrücktes grünes Kleid behutsam in Seidenpapier und steckt es in eine goldene Papiertragetasche.

Alba sieht ihr zu. Sie ist fasziniert von Menschen, die Dinge mit Liebe tun. Egal ob sie Leichen schminken oder Mistkübel entleeren oder leicht zerdrückte Kleider in Seidenpapier wickeln.
Alba sieht schön aus. Sie geht weiter und steht vor dem Volksgarten – ein großer blühender Park mitten in der Stadt. Er ist bekannt für seine vielen Rosensorten. Aloha, Amadeus, Acapella, Alexis.

Alba bleibt vor einem Schild stehen. *Alba Maxima* heißt die hellrosa Rose mit dem intensiven Duft.

Alba-Rosen

Diese Rosenklasse hat ihre Anfänge im Mittelalter. Die Farbskala ihrer Blüten beschränkt sich auf rosa, blassrosa und weiße Töne, sie sind jedoch von filigraner Schönheit und werden durch das graugrüne Laub vollendet in Szene gesetzt. Alba-Rosen gehören zu den widerstandsfähigsten Rosen, benötigen nur sehr wenig Pflege und gedeihen auch an schwierigen Standorten. Mit halbschattigen Standorten kommen sie besser zurecht, als so manche andere Rose. Sie sind fast vollkommen resistent gegen Krankheiten und benötigen kaum einen Rückschnitt.

Alba ist also eine resistente Rose. Sie schließt die Augen und riecht an Alba Maxima. Rosenduft öffnet das Herz und macht die Menschen so weich.

Es duftet und es ist still.

Alba setzt sich in den Schatten des antiken Tempels in die Wiese. Das Gras ist wie ein Teppich voller Gänseblümchen. Vorsichtig streckt sich Alba zwischen den Gänseblümchen aus. Die Sonne scheint zart. Gänseblümchen sind resilient. Wenn sie niedergedrückt werden, richten sie sich nach ein paar Stunden wieder auf. Lauter kleine gelbweiße Persönlichkeiten. Alba steckt sich eines in den Mund und ein paar andere in die Haare. Alba atmet. Sie atmet tief ein bis ihr Atem plötzlich stockt. Sie schluchzt. Tränen laufen über ihr helles Gesicht. Viele Tränen. Sie versteckt sie hinter ihren Händen. Ein riesiger Betonblock hat sich von ihrer Brust abgesprengt. Ihre Seele ist gerade bei ihr in der Wiese angekommen und hat erfahren, was in den letzten Tagen geschehen ist. Alba schaut in die Wolken und schickt einen Kuss. DANKE. Das war knapp…

Alba braucht jetzt ihren blauen Elefantenkaffee und Ildiko von K., vormals Fiona will ihr Katzenmenü. Der Katze ist es immer und total egal, was andere von ihr denken. Alba beneidet sie darum.

Sie wird nie wieder in die Arbeit gehen, nie wieder denken, das ist zu teuer für mich. Nie wieder Dinge tun, die gegen ihre Werte sind. Nur um zu existieren. Nie wieder Miete zahlen. Nie wieder diesen einen Satz denken, bei dem der Verstand sofort die Arbeit einstellt. Ich kann es mir nicht leisten. Diese exorbitante Zahl auf ihrem Konto mit den frivol vielen Nullen heiß übersetzt: Freiheit. Ich darf jetzt ohne Wenn und Aber Alba sein. Danke.

Alba lebt gern in ihrer Stadt, in ihrer Gasse, in der drei Wochen lang jedes Jahr die Kirschbäume üppig rosa blühen. Ihr Haus hat einen kleinen Innenhof. Sehr hübsch blühend im Sommer und mit einer begrünten Mauer umgeben. Aber ein Pferd hätte zu wenig Auslauf hier. Das war ein Nachteil.

Eine Wiese für ein Pferd in der Stadt? Das musste doch zu finden sein. Was sucht man zuerst? Das Pferd oder die Wiese?

Alba und die Seepferde

Die Stadt ist schön, aber heiß im Sommer. Zu heiß für Alba. 25 Grad sind schön warm. Aber mehr nicht. Alba muss weg. In ein Land, in dem sie den Kopf in den Regen halten kann. Island?

100.000 Gedanken haben alle, aber Alba hat davon 1000 Ideen jeden Tag. Neue Ideen. Nagelneu. Anfangs ist sie fast erstickt daran, an der Panik, die sich einstellt, wenn klar wird, dass nicht alles realisierbar ist. Nicht in diesem Leben. Bis vorgestern war Alba Dora, Grafikerin in einem großen Verlag, angestellt, viel Arbeit, viel Verbiegen, wenig Anerkennung und Geld. Nach der Arbeit kann sie nicht mehr, braucht Ruhe, darum hat sie fast keine Freunde. Sie nimmt zu viele Informationen auf. Sie hat da irgendwie keinen Filter. Sie muss dauernd aufpassen, dass sie keinen Kurzschluss hat. Von zu lang unter zu vielen Menschen bekommt sie einen Kater. Und Dora hat einen Haufen Allergien und Unverträglichkeiten, ein Souvenir ihrer Kindheit. Je mehr ihre Mutter alles desinfiziert hat, Tiere verboten hat, das Haus klinisch rein gehalten hat, desto kränker ist Dora geworden und dünner. Mit sechzehn ist sie gegangen. Zuhause hat es sich immer angefühlt, als wäre sie von einem Ufo aus versehentlich in diesen Haushalt gefallen.

Dora ist tot. Alba ist reich. Langsam dämmert ihr, dass sie ihre Ideeninkontinenz nun genießen können wird. Und ausleben.

Alba ist unsagbar reich. Geld hat sie auch. Geld ist ein Gleitmittel für Ideen. Mit Geld kann man viel Gutes tun und viele Projekte umsetzen. Geld ist gut.

An manchen Tagen ist es schlimm. Alba hat das Gefühl, als würden die Ideen in ihrem Kopf Regale füllen, immer mehr, immer höhere. Wenn sie nicht aufräumt, dann sprengen die vollen Regale ihren Kopf. Sie macht Platz, indem sie jede Idee auf eine rosa oder blaue Karteikarte schreibt und in einen kleinen transparenten Karteikasten steckt. Ihn ihrem Wohnzimmer steht ein Regal. In dem Regal befinden sich 30 Boxen mit 100 Karten pro Box. Jeden Monat nimmt sie eine Box, setzt sich auf den Boden oder wandert damit durch die Wohnung und holt Karten heraus. Ideen, die ihr nicht mehr aufbewahrenswert erscheinen, zerreißt sie. Es ist hart, aber sie muss das machen, weil sonst die Wohnung platzt. Und weil sie sonst ihr Leben ändern muss.

Ihr Kopf ist ein Brutkasten. Die Ideen spritzen aus ihr heraus wie aus einem Seepferchen die Seepferdbabys. Alles voller Babys. Oben unten links rechts Seepferdbabys.

Da es keinen Seepferdvater bei ihr gibt, der sich um seine Millionen Kinder kümmert, die aus ihrem Kopf schlüpfen, kommen sie in Boxen. Durchsichtige kleine Plexiglasboxen. Kleine Aquarien für Seepferdkinderideen.

Um ihren Kopf zu kühlen, muss Alba ihn in den Regen halten. Oder schnell schwimmen. Mit dem Kopf unter

Wasser. Da ist er auch still. Auch beim Genuss von Marilleneisknödel. Wie gesagt. Hoher Eislebensstandard hier.

In eine Monsungegend ziehen? Vielleicht ist das die Lösung. Nur der Regen dort ist warm…

Alba ist inkontinent. Ideeninkontinent.
Aber jetzt hat Alba Geld. Das lindert ihr Leiden.

Ist man eine Autorin, wenn man 3000 Karten mit Ideen vollgeschrieben hat? Ideenautorin? Alba glaubt nicht. Alba ist das egal. Alba ist reich. Und reich an Zeit. Und ideenreich. Triplejackpot.

Alba und ihre Freunde

Das Kapitel ist kurz. Alba hat nicht viele Freunde. Ildiko von K., der Trafikant, bei dem sie die Groschenromane kiloweise kauft. Der italienische Kellner, bei dem sie Tramezzini bestellt und niemals Kaffee. Und die junge Grafikerin im Verlag, mit der sie manchmal Mittagessen geht. Das sind ihre Freunde. Der Kellner ist Philosoph. Der Trafikant auch, man muss nur hinhören. Sogar die Bäuerin, bei der sie Eier holt am Land, einmal im Monat. Sie ist ein Oma-Buddha, alt mit weißem Haarkranz. Sie hat nie studiert und nie eine Universität von innen gesehen. Aber sie ist so weise. Als Alba einmal mit traurigem Gesicht Eier kaufen kam, hat der Oma-Buddha sofort auf Liebeskummer getippt. Männer! Ein g´scheiter Hund verlauft sich nicht und um einen dummen ist´s nicht schad! So einfach ist das Leben.

Alba bekommt frische Eier und Perlen. Die Perlen der
Weisheit vom Oma-Buddha. Alles unbezahlbare
Dinge.

Alba verreist

Die Idee mit dem Regenland geht Alba nicht mehr aus
dem Kopf. Sie schreibt sie aber nicht auf eine
Karteikarte sondern sie googelt Regen und Land mit
maximal 25 Grad. Ihr Blick fällt auf ein Bild mit einem
rosa Geysir. Dann bucht sie einen Flug. Nach
Reykjavik. Die Stadt in dem Land, das fast nur aus
Wiese und Fels und Eis besteht und wo es verlässlich
einmal jeden Tag regnet. Die Katze Ildiko von K. zieht
zur Nachbarin um, die nicht viel redet und deren
Mann gerade gestorben ist. Win Win Situation. Alba
kocht Espresso. Ohne Milch heute. Schwarz und süß.

Alba zieht ihre einzige lange Hose an, blaue Sneakers,
den schwarzen Pulli und hängt sich den himmelblauen
flauschigen Wollmantel um. Mehr braucht Alba nicht,
sie hat nicht vor, auf den Mount Everest zu sparzieren,
da sind schon genug andere. Der Flug dauert 5
Stunden.

Alba liebt Island und Island liebt Alba zurück. Der
versprochene Regen regnet brav ein Mal pro Tag.
Albas Hirn kühlt herunter. Die Ideen werden weniger
und hören auf in ihrem Kopf zu Kreisen wie Schwärme
hungriger Starre über burgenländischen Weingärten
im Juli. Das Grün rund um sie herum ist wie ein
Coolpack für ihren rastlosen Geist. Es gelingt ihr,

minutenlang nur die verschiedenen Grüntöne zu betrachten. Jeden Tag länger.

Alba kauft einen Schlafsack, ein bisschen Ausrüstung und ein Pferd. Einen Tag lang reitet sie geradeaus, dann kommt sie bei ihrer Hütte an. Sie beschließt, nicht in der Hütte zu schlafen, sondern im Freien. Sie will ihr Pferd in der Nacht schnauben hören und dass ihr Pferd sie in der Nacht atmen hört. Ihr Schlafsack hält in Lappland warm, wenn man im Schnee liegt. Er hält auch in Island warm, wenn man in der Wiese liegt. Er weiß ja nicht, wo er gerade ist.

Jeden Tag taucht sie tiefer in das Meer von Grün um sich herum. Jeden Tag isst sie dasselbe. Räucherfisch, Linsen am Feuer gekocht und Kaffee, Espresso aus dem italienischen Espressokocher. Manchmal eine Banane. Ihr Pferdewirt hat ihr einen Sack voll mitgegeben. In Island nützt man mittlerweile die warmen Quellen, um Glashäuser zu beheizen für Obst und Gemüse. Isländer sind schlau.

Alba hackt Holz. Alba striegelt ihr Pferd. Alba kocht Kaffee. Und betrachtet die tausend Nuancen von Grün um sie herum. Am dritten Tag hört sie auf, ihren Isländer zu satteln. Der cremefarbene Hengst lässt sich zu einem großen Stein führen und wartet geduldig, bis Alba auf seinem Rücken sitzt. Isländer sind fleißige Pferde. Langsam bewegt sich ihr Pferd vorwärts, sie hat ihm den Namen Jackpot gegeben. Alba spürt seinen muskulösen warmen Rücken. Besser ohne Sattel für beide.

Ihr cremefarbenes flauschiges Pferd trägt sie ruhig und sicher immer weiter tief in das Land hinein. Es kennt den Weg. Das Grün nimmt kein Ende. Es heilt Alba. Wie ein Bad in Isländisch Moos Hustensaft. Wie ein Schalldämpfer auf die laute Welt. Alba glaubt, die vielen Wiesen retten ihr das Leben. Sie dämpfen die Explosionen im Kopf. Alba lässt sich von ihrem Pferd immer weiter tragen.

Arni Magnusson, der isländische Pferdwirt wollte sie zuerst nicht allein losziehen lassen. Sie sah für ihn nicht nach Expedition in die Wildnis aus sondern eher nach wunderbare Welt der Amelie. Alba hat ihm Geld gegeben. 9000 Euro. Das ist der Preis für ihr Pferd. Für einen cremefarbenen flauschigen Isländerhengst, bei Pferden sagt man isabellfarben, und seinen Sattel. Das ist der Preis für einen echten Freund. Alba will ihr Pferd nicht besitzen, sie will sich von ihrem Pferd nur tragen lassen. In die unendlichen isländischen Wiesen und Hügel hinein.

Jackpot geht in seinem eigenen Tempo, er tritt sicher auf den moosigen und steinigen Untergrund. An einem Bachlauf hält das Pferd. Alba hält sich an der Mähne fest und lässt sich herabgleiten. Der Isi ist ein bisschen größer als die meisten Islandpferde und Alba fühlt sich auf seinem Rücken leicht wie eine Isländische Moosfee. Das Pferd trinkt. Das Wasser hat 8 Grad und ist glasklar. Alba zieht die Schuhe aus steigt ins frische Bachbett. Alba kreischt übermütig und hüpft zurück auf die Wiese.

Sie lässt sich nach hinten fallen, sie ist frei, zu schlafen wann sie möchte. Frei. Heute scheint die Sonne, es stört niemanden. Alba döst auf dem grünen Mooshimmelbett ein.

Ein samtiges feuchtes Kissen drückt sich zart auf Albas Gesicht. Das Kissen atmet. Alba öffnet die Augen nicht. Sie streckt vorsichtig die Hand aus und streichelt über das warme Gesicht. Sie steht auf, streckt sich, steigt auf den Stein und dann auf ihr satteloses Pferd. Die Stille ist fast makellos. Der Bach rauscht und ihr Magen knurrt. Die Hufe ihres Pferdes verursachen keine Geräusche auf dem moosigen Untergrund.
Alba hat Hunger. So richtig großen Appetit. Und noch etwas bemerkt Alba. Nach sechs Wochen Grün und Stille hat ihr Hirn auch wieder Appetit. Es ist Zeit zu gehen.

Alba bepackt ihr Pferd und reitet zurück zum Hof des Pferdezüchters. Er freut sich aufrichtig, sie und das Pferd gesund wiederzusehen. Nicht dass es so eine gefährliche Gegend wäre hier. Aber Alba sah für ihn nicht nach der Person aus, die allein in der isländischen Wildnis bleibt. Wochenlang. Mit wenig Proviant. So als würde Coco Chanel kommen und deinen Rasen mähen wollen, im karierten Flanellhemd. Da bist du erst mal stutzig.

Der isabellfarbene fleißige Isländerhengst gehört ja nun ihr. Sie bittet Arni Magnusson, ihn gut zu versorgen und streichelt seinen Hals.
Auf Wiedersehen, Arni. Auf Wiedersehen, *Jackpot*! Mein flauschiger starker Freund. Bis zum nächsten Mal.

Sie hat isländisches Blut, diese Alba. Und isländischmoosgrüne Augen, denkt Arni Magnusson. Ein Cousin von Arni bringt Alba in die Stadt. In Reykjavik kauft Alba ein leeres Heft und Stifte und ein Flugticket nach China.

Die isländischen Wiesen waren für Albas Geist eine Entgiftungskur. Eine Informationsdiät, ihr Hirn hat sich gesund gefastet. Es fühlt sich an im Kopf wie ein schönes altes leeres weißes Haus. Mit vielen Räumen. Lichtdurchflutet. Alle ohne Möbel. Nur schöne Böden. Kein einziges Staubkorn. Frisch gefegt.

Ich will in Zukunft nur mehr wenig Möbel haben, dafür umso mehr Garten. Und nur wunderschöne Möbel. Wenn ich überhaupt Platz für Möbel haben werde...

Das ist der erste Satz, den Alba in das leere Heft schreibt.

> *Mein Pferd ist mein Freund.*
> *Ein Tier ist ein Freund.*
> *Ich besitze es nicht.*

Und das ist der zweite.

Und der dritte.

> *Das Hirn darf fasten.*

Und:

> *Man verlernt nicht zu sprechen, wenn man*
> *sechs Wochen schweigt.*

Der Flug nach Shanghai dauert 16 Stunden. Alba schläft die meiste Zeit.
Sie hat etwas vor in China.

Alba mochte einkaufen noch nie sonderlich. Wenn sie etwas fand, das ihre gefiel, war es meistens sehr teuer. Oder der Farbton nicht richtig. Oder das Material nicht richtig. Alba entdeckt mit ihren Fingerspitzen die Welt, Stoffe und Oberflächen. Sie kaufte nur Dinge, die sie an ihr Herz drücken möchte und berühren möchte. Manchmal kaufte sie dann gleich zwei davon.

Im Augenblick besitzt Alba drei Kleider. Einen weichen himmelblauen Wollmantel, eine schwarze Hose und einen Pulli aus Ziegenwolle. Ihren Schlafsack und die Daunenjacke hat sie in Island gelassen.

In Shanghai angekommen, lässt sie sich zu einer kleinen Seidenspinnerei landeinwärts bringen. Sie hat von dieser besonderen Spinnerei gelesen. Sie will ein paar Meter Seide kaufen und daraus Tuniken nähen lassen. Nachtblau, bunt bedruckt, und grün. Alba will nie wieder etwas anziehen, das sie einengt oder sich nicht gut anfühlt. Ein Kleid ist zum darin wohnen gedacht, eine federleichte Rüstung, ein Schutz und ein Schmuck. Mehr Gedanken brauchte man sich über Mode nicht zu machen.

Die Seidenspinnerei ist etwas Besonderes. Sie wird von drei Schwestern geleitet. Eine davon führt sie durch die Seidenraupenzucht, die Maulbeerplantage, die Spinnerei und die Manufaktur. Sie trägt eine schlichte schwarze Seidenbluse, ihre Haut ist glatt wie eine Porzellanvase und ihre Hände faltenfrei. Seide sagt man diese Wirkung auf die Haut nach. Alba hat große Freude daran zu sehen, wie die Chinesin über ihre Seide spricht und wie sie die zarten Stoffe anfasst.

Alba hat diese kleine Manufaktur ausgesucht, weil sie drei Schwestern gehört, die grün arbeiteten. Sie haben eine Methode entwickelt, bei der die Falter schlüpfen dürfen, bevor die Kokons zu Seidenstoff verwebt wurden. In der Weberei findet Alba schnell drei Stoffe, die ihr gefallen. Einer blau wie das Meer bei Nacht, einer leuchtendgrün und einer bunt bedruckt mit Schmetterlingen, Vögeln und Blumen. Alba kaufte 10 Meter Seide und 49 Prozent der Seidenmanufaktur. Ihr gefallen die chinesischen Schwestern, die Farben und die Nachhaltigkeit.

Dann fährt Alba auf den Bazar, geht zu einem Straßenschneider und zeichnete das Schnittmuster einer Tunika nach ihren Wünschen ihn ihr Heft. Sie reißt das Blatt ab und gibt es dem Schneider. Es spricht nur Chinesisch. Sie nicht. Beide lächeln. Das reicht. Er hält zwei Finger in die Höhe. Fertig in zwei Tagen. Wieder lächeln beide. Alle sind zufrieden.

Alba geht über den Markt. Stoffe, Gewürze, Gerüche, Geräusche und bunten Lampen...sind wie Süßigkeiten für ihre Augen, Ohren und Nase.

Sie isst an einem Food Truck auf der Straße buntes, duftendes, frischgekochtes Essen, unbekannte Früchte und viel Gemüse. Dazu dampfenden Reis. Das reicht völlig. Gemüse, Früchte und Reis. Das ist Alba genug.
Zwei Tage lang streunt Alba durch die Gassen und Märkte, kauft eine kleine Digitalkamera. Dann sind ihre Tuniken fertig. Die bunte zieht sie gleich an. Diese Tunika ist etwas Besonderes. So wie Alba.
Alba reist weiter. Sie will ins Meer.

Alba im Orangenland

Alba verschläft den ganzen Flug nach Palma, mietet einen Wagen und fährt Richtung Norden. Nach einer Stunde Fahrt bleibt sie plötzlich stehen und steigt aus. Was Albas Augen sehen, dringt einen Atemzug später in ihre Nase. Das ätherische Aroma von 6000 Orangen. Alba steht und atmet. Alba schließt die

Augen, der Duft und das Gelb der frisch geborenen Sonnen schmiegen sich an alle ihre Sinne. Alba geht ein paar Schritte in den Orangenhain hinein, sie pflückt eine Orange, zerreibt ein Blatt zwischen ihren Fingern. Sie hält beide Hände vors Gesicht und atmet. Sie nimmt noch zwei, drei sonnenwarme, sonnengelbe, sonnenreife Früchte und legt sie im Wagen auf den Beifahrersitz, wo sie zart weiterschimmern.

Albas Geruchssinn verabschiedet sich oft. Das ist der Stress, sagt der Arzt. Bei Überlastung, bei zu vielen Sinneseindrücken, schaltet der Körper die unwichtigeren Funktionen ab. Die mallorquinischen kleinen Orangengöttinnen haben ihre Nase wieder zum Leben erweckt. Alba möchte ihrer Nase in Mallorca alles zeigen, was es zu riechen gibt. Und von allem macht sie ein Bild mit ihrer einfachen kleinen Digitalkamera aus China.

Abends kommt Alba an einem Bilderbuchort an, Pollenca, und setzt sich an einen kleinen Tisch am Gehsteig einer Tapas Bar, Café Espagnol. Die Bar ist alt, die Tische aus dunklem Holz, die Bodenfließen bunt, ein großer Ventilator dreht sich an der Decke. Vermutlich sieht die Bar seit 50 Jahren gleich aus. Keine unnötige Dekoration, einfaches Geschirr und freundliche flinke Kellner. Alba bestellt Tapas. Tintenfische mit Zitrone, Ratatouille, Steinpilzkroketten. Beim ersten Biss in die knusprige Krokette, die innen ganz weich ist, benützt Alba zum ersten Mal dieses eine Wort, mit dem jedes Kind pure Begeisterung ausdrückt. Nochmaaaaaaal! Ich muss

das gleich nochmal bestellen! Alba kennt sich so nicht. Ihre Nase und ihr Gaumen sind anwesend. Als Alba das letzte kleine Tellerchen leergegessen hat, fragt der mallorquinische Kellner, ob es noch etwas Süßes sein darf. Es gibt eine Spezialität der Insel, ganz frisch. Am Nebentisch hat ein Mann Platz genommen, sehr braun, sehr blond, sehr blaue Augen mit seinem Sohn und einem riesigen weißen Hund. Die müssen Sie unbedingt probieren! Er nickt ihr aufmunternd zu. Alba bestellt die mallorquinische Spezialität, es ist eine Art Kardinalschnitte. Alba macht ein Foto, Alba hält den Teller vorsichtig an ihre Nase. Alba nimmt die Gabel, probiert den fluffigen Schnee. Eindeutig. Der fehlende Gottesbeweis liegt still und vollkommen auf einem Teller vor ihr. Alba kostet nochmal. Sagen Sie bitte dem Koch, ich möchte ihn heiraten.
Der Koch ist eine Köchin, sagt der Kellner lachend. Mmmm...egal, antwortet Alba mit vollem Mund.

Diese Insel taut Alba auf. Sie ist wie ein Pina Colada, sie macht Alba locker. Alba entdeckt eine Art Humor an sich, trocken und ein bisschen schwarz. Dem Tod gegenüber war sie schon immer furchtlos. Sie mag ihn. Sie findet er ist ein guter Ratgeber. In Bhutan ist man da ihrer Meinung. Den Tod vor Augen, weißt du in der Sekunde genau, was wichtig ist. Fürs Leben wichtig. Lebenswichtig. Lebensnotwenig. Einfache Übung. Du bekommst die Information, dass du noch einen Monat hast. Was machst du in dem Monat? (Ärzte werfen ja gern mit Aussagen über den Todeszeitpunkt ihrer Patienten um sich). Also wenn Ihnen das passiert, nützen sie es als Coachingangebot vom Sensenmann.

Alba hat eine Totenkopfkerze auf ihrem großen alten Tisch in Wien stehen. Um ihn nicht zu vergessen. Memento Mori. Es sind oft die lebenslustigsten Menschen, die mit dem Tod gut befreundet sind.

Kennt ihr den? Es läutet an der Tür. Der Mann macht auf. Nichts. Es läutet wieder. Wieder nichts. Beim dritten sehr energischen Läuten entdeckt der Mann einen kleinen rund 15 Zentimeter großen Sensenmann auf der Fußmatte und erschrickt fürchterlich. Da sagt der kleine Tod: Mach dir nicht in die Hose, Mann! Ich komme wegen dem Hamster.

Albas Herz dehnt sich, macht Babykobra und herabschauenden Hund und *peaceful warrior*. Plötzlich sieht sie andere Menschen, andere Bilder, überall Schönheit. Als hätte sich ihr Fokus verändert. Oder ihre Schwingung. Als hätte sie auf einen anderen Radiosender umgeschaltet...

Sie lässt sich durch die Gassen treiben, es ist laut und viel los. Es ist Sonntag, die Menschen sind schön angezogen, essen Eis und lachen. Alba kann für sich sein und ist doch nicht allein. Ein kleines weinendes Mädchen rennt vorbei, es hat seinen Hund im Gemenge verloren; Alba hat Tränen in den Augen. Sie fühlt die Emotionen der Menschen um sich herum, sie lässt es einfach geschehen. Sie kann keine einzige ausblenden. Sie hat keine Ahnung, wie lang das anhält, sie kennt diese Durchlässigkeit so nicht. Was war in der göttlichen Kardinalschnitte? Alba entdeckt einen Hund mit Halsband unter einem Stuhl, eifrig an etwas kauend. Sie nimmt ihn behutsam und drückt ihn dem kleinen Mädchen in die Hand. In dem sommersprossigen tränennassen Gesicht geht die Sonne auf.

Das Schönste am Geben ist das Leuchten in den Augen der Beschenkten.

Alba setzt sich auf eine Treppe und holt ihr Heft hervor. Sie denkt darüber nach, warum hier alles so schön ist ohne modern zu sein, über die wunderschöne alte Tapas Bar – das Café Espagnol.

Sie schreibt in ihr Heft

> *Schönheit hat kein Ablaufdatum. Lass nur Dinge einziehen, die dich glücklich machen. Es wird ein vollkommenes Zuhause sein und ein vollkommenes Leben und alles wird wunderbar zusammenpassen.*

Alba überlegt, ob diese Punkte auf die Dinge zutreffen, die sie besitzt.
Sie macht eine Liste der Dinge, die ihr gehören.

- Ein Haus in der Stadt ....ja, es ist ein wunderschönes Jahrhundertwendehaus, obschon...
- ~~Ein cremefarbenes flauschiges Pferd~~ (das streicht Alba wieder, weil sie ihren Freund nicht auf die Liste ihrer Besitztümer setzen möchte)

- einen froschgrünen Rollkoffer, ihr Koffer ist immer der einzige, in dieser Farbe auf dem Kofferband und die Farbe macht Alba fröhlich
- einen Wollmantel, er ist weich wie eine Wolke, hält warm und noch dazu ist er himmelblau
- Eine Hose und ein Pullover, zwei Shorts, zwei T-Shirts, alles Lieblingssachen
- Drei chinesische Seidentuniken, schön, anschmiegsam und wie kleine Wohnungen
- Ein Paar goldene Sandalen und hellblaue Turnschuhe, beide bequem genug, um damit Berge zu besteigen…
- Eine Korbtasche mit goldenem Boden, in der immer ein paar Orangen liegen
- Eine chinesische Digitalkamera, die Fotos sind der Beweis, dass Alba sehen kann. Schönes..
- ein leeres Heft, das sich langsam mit Perlen der Erkenntnis füllt, das Heft hat einen goldenen Einband und fühlt sich gut an
- Eine halbe Seidenfabrik in China, dort ist alles schön, die Stoffe, die Schwestern und die Arbeitsweise, und….die Umsätze auch.

Alles Dinge, die Alba schön findet. Alba findet auch, dass sie nun genug besitzt. Ihr größter Reichtum ist ihre Zeit. Alba ist frei. Mehr kann sich ein Mensch in diesem Leben nicht wünschen. Frei, einfach zu sein. Sie selbst. Ihr junges Alba-Selbst ist froh und übermütig.

Mit dem vielen Geld hat sie sich freigekauft. Hat die Kaution gezahlt für ihr Leben. Ihr Leben gehört nur ihr.

Seit Alba frei ist, schläft sie gut, tief, lang. Alba schläft viel. Immer traumlos. (Das wird noch kommen, mit den Träumen). Dafür ist sie dankbar. In der Wiese, im Schlafsack, im Flugzeug, im Park, im Bett, im Sand, im Sitzen, in der Hängematte unter Bäumen, sogar auf dem Rücken ihres cremefarbenen flauschigen Pferdes. Ihr Pferd ist ein Freund, der sie trägt. Alba weiß jetzt, wie es mit Freunden ist und schreibt in ihr Heft:

> *Du brauchst nur wenige Freunde.*
> *Sei selbst Dein bester Freund.*
> *Du bist schließlich immer für dich da.*
> *Ein Pferd, eine Katze, das sind großartige Freunde.*
> *Der eine trägt dich, die andere ist jede Minute authentisch. Beide lieben dich, wie du bist. Das sollen alle Deine Freunde tun. Dich Du sein lassen, aber Dich auch wachsen lassen. Und... gehen lassen!*

Alba hat Zeit. Ihr Geist hat auf einmal auch Zeit. Nichts treibt sie auf und weiter. Nichts von außen. Kein Wecker, kein Termin, keine Pflicht. Kein Treffen, kein Müssen, kein Sollen.

Nur Wollen.

Gut, dass Dora gesprungen ist. *Reset.*
Alba denkt an den Oma-Buddha, die Bäuerin, die ihr Eier verkauft. Jeder ihrer Tage gleicht dem anderen und jeden Tag freut sie sich auf den nächsten und ist zufrieden mit ihrem Leben.

Alba ist im Stillstand. Von außen. Von innen beginnt sie zu blühen. Im Schutz der mallorquinischen

Orangengöttin, die ihr Herz und ihre Nase aufgemacht hat..

Diese Insel lädt Alba auf. Ihre Füße graben sich in die fette Orangenbaum- und Oleandererde. Je mehr sie sich verwurzelt, desto munterer wird ihr Körper.

Sie steht früh auf und geht zum Strand. Von einer kleinen Klippe springt sie kopfüber ins Meer. Sie krault hundert Meter und kehrt wieder um. Frisch wie ein Fisch steigt sie aus dem salzigen Wasser.

Alba schwimmt

Wie schnell kannst Du schwimmen? Es ist der kleine Junge aus der Tapas Bar in Pollenca. Neben ihm sitzt ein großer weißer Hund, mit viel zu dickem Fell für Mallorca. Alba denkt nach. Das weiß ich gar nicht.
Ich glaube, das war sehr schnell.
Ein sehr brauner, blonder Mann mit hellen Augen kommt auf sie zu.
Hallo! er schüttelt Albas nasse Hand.
Hat er sie schon in das Schwimmteam rekrutiert?

Alba lacht und frottiert sich die Haare.
Der Mann aus der Tapas Bar stellt sich vor. Das erste Mal, seit Dora Alba heißt, spricht sie mit einem Menschen mehr als 10 Sätze hintereinander. Das liegt an der Insel.

Der Mann lädt Alba ein. Sein Haus ist groß, sieht aufs Meer und hat eine Pool, 25 Meter lang.
Wettkampfmaße. Für Lenny. Seinen Sohn.
Willst du wissen, wie schnell du schwimmst? Alba will.

Unter der Tunika hat sie noch immer ihren silbernen Badeanzug an.

Jens, so heißt der Mann, der ursprünglich aus Deutschland kommt, stoppt Albas Zeit. Sie ist schnell wie ein silberner Fisch. Sie ist dünn aber ausgeschlafen. Alba schwimmt, seit sie vier ist. Noch nie hat jemand ihre Zeit gestoppt. Du bist schnell. Wie schnell?

In sechs Monaten kannst Du Deine erste Medaille holen. Hast du Zeit?
Alba hat Zeit.

Alba bleibt fünf Monate in Jens Gästehaus und nimmt 5 Kilo zu. Sie schwimmt jeden Tag. Lenny stoppt die Zeit. Alba genießt die Routine. Der große weiße Hund sieht ihnen zu. Es ist ein Samojede. Alba will Lennys Frage beantworten. Wie schnell kannst Du schwimmen? Jeden Tag schneller.

Jens ist der Obmann der Federacio Balear de Natacio. Am 31. Oktober gewinnt Alba die balearische Meisterschaft in 100 Meter Freistil. Alba schwimmt 100 Meter in 99 Sekunden. Lenny gibt ihr high five. Alba hängt Lenny ihre Medaille um. Du bist ein guter Trainer.

Alba schreibt in ihr Heft

Kinder sind die besten Lehrer.

Die Könige der Insel

Nachdem Alba, der kleine Junge und Mallorca wissen, wie schnell sie schwimmt, zieht sie in ein Steinhaus mit Orangengarten im Norden der Insel. Sie hat gewonnen. Drei Freunde und breitere Schultern.

Alba sitzt am Strand mit den Füßen in den Wellen. Der kleine Strand ist wie aus den 6oer Jahren. Schirme, Bar mit Limo und Pommes, ein dicker Verkäufer, der Kokosnüsse mit einem Hammer knackt und Ananas in Schiffchen schneidet und weißer Sand an blauem Wasser. Alba genießt das Alleinsein unter Menschen, denen es gut geht. Hier geht es allen gut.

Eine junge Frau in Hippiehosen hat ein Strandtuch ausgebreitet und bietet bunte Ketten aus Holzperlen an. Alba hat sie hier schon oft gesehen. Es gibt nicht nur Yachtbesitzer in Mallorca sondern auch Zeltbewohner. Sie lebt fast das ganze Jahr am Strand, im Winter auf Goa. Sie verkauft lieber Ketten als ihre Zeit. Menschen sind nicht dazu geschaffen, in Betonschuhschachteln zu leben. Sie jedenfalls nicht. Ihre Ketten sind wie ihr Seele. Bunt und lebendig. Alba kniet sich in den Sand und betrachtet die Ketten. Welche davon sieht aus wie meine Seele?

Die Perlenfädlerin heißt Aurora. Sie nimmt eine Kette in die Hand, die Perlen glänzen seidig in den Blau- und Grüntönen des Mittelmeeres, ein goldenes durchscheinendes Ginkgoblatt bildet den Mittelpunkt.

Die sieht aus wie Deine Seele sagt Aurora. Aber nur, wenn sie dir gefällt. Sie lächelt Alba fröhlich an.

Sie holt einen silbernen Espressokocher, füllt ihn mit Wasser und Kaffeepulver und stellt ihn auf einen kleinen Campingkocher. Ich kann überall leben, wo es das hier gibt. Alba strahlt. Ich kann auch überall leben, wo es diesen Kaffee gibt, denkt sie. Lebenselixier.

Es ist ein ruhiger Nachmittag, die Hauptsaison ist längst vorbei und dieser Strand ist nicht so leicht zu finden. Die beiden Frauen unterhalten sich. Flink schiebt Aurora die bunten Perlen auf den Faden. Dann sucht sie einen Karabinerverschluss aus Silber aus und klemmt die winzigen Quetschperlen ab. Aurora steht auf und misst eine Schnur für Albas Hals ab. Wortlos hält sie Alba die Schnur hin. Vor ihnen steht ein großer flacher Holzkasten mit vielen kleinen Fächern voller bunter Perlen, Steine, silbernen und goldenen Blättern, Muscheln und kleinen Tierfiguren, Quasten aus Seide und verschiedenen Verschlüssen. Auf einem Gitter an der kleinen Feuerstelle dampft der Espressokocher und macht Kaffee-ist-fertig-Geräusche.

Alba sucht sich bunt bemalte Holzperlen aus, mit goldenen Sprenkeln. Die hab ich bemalt, letzten Winter in Goa. Alba beginnt zu fädeln. Eine Perle nach der anderen. Ein Blatt, eine Quaste. Bei Alba stellt sich der Effekt ein, den sie bisher nur im Grün von Island hatte, und wenn sie 100 Meter in 99 Sekunden schwimmt. Die Gedanken dimmen die Geschwindigkeit.

Der Himmel wird langsam rosa. Aurora packt die Perlenkiste zusammen und nimmt Alba an der Hand. Komm. Sie gehen barfuß durch den warmen Sand, hören Lachen und Musik. Schon sitzt Alba an einem großen Lagerfeuer inmitten von fröhlichen Menschen und hält ein kühles Bier in der Hand. Wir sind die wahren Könige dieser Insel, sagt Aurora und winkt würdevoll wie Queen Elisabeth in Haremshosen. Zur Bestätigung sinkt die Sonne wie ein riesiger Blutorangeneislutscher ins Meer. Alle hören das leise Zischen ...und die sanften Klänge von Aarons geübten Fingern auf seiner hawaiianischen Ukulele.

Am nächsten Morgen fährt Alba nach Arta zum Bauernmarkt und kauft Zitronen, Melonen, Orangen, Gemüse, Oliven und Ziegenkäse und frisches Maisbrot. Und dann weiter nach Pollenca, in die Künstlerstadt.

Am Nachmittag bringt sie alles zu ihren neuen Freunden an den Strand. Aurora umarmt sie und sagt *meine Schwester*. Meine Schwester. Meine Schwester.

Alba sagt meine Künstlerin zu ihrer Schwester. Ich kenne einen schönen Laden in Pollenca für Kunsthandwerk. Da war ich heute und man hat deine Kette sehr bewundert. Sie möchten Deine Ketten gern im Laden verkaufen. Alba macht eine Pause. Dann etwas leiser. Hundert Ketten fürs erste. Schaffen wir das? Sie zahlen gut.

Aurora fällt ihr um den Hals. Der Winter in Goa ist gesichert. Alba verbringt noch ein paar Tage bei den Königen der Insel, um mit Aurora Ketten zu fädeln und einfach zu leben. Stockbrot an Fisch und Ukulele an Meeresrauschen.

Alba schreibt in ihr Heft:

Glücklich ist, wer einen Strand hat, ein Feuer, Freunde, frische Früchte und eine Ukulele. Glücklich ist wer frei ist. Die Könige der Insel sind frei.

Alba ist so abgefüllt mit Sonnenschein, sie könnte mit einem einzigen Kuss einen ganzen Schneemann einschmelzen. Es ist ihr, als müsse sie die Sonne verdauen. An einem kühleren Ort. Regen. Sie denkt an Island. Schnee. Sie denkt an Lappland. Alba ist bereit für kaltes Weiß.

Alba und die Fähe

Alba braucht 10 Minuten, um ihren grünen Rollenkoffer zu packen, eine Stunde später ist sie am Flughafen und steigt in den Flieger nach Helsinki. Dort geht sie in einen Outdoorladen und kauft eine Skihose, Schneestiefel, dicke Thermounterwäsche und eine Daunenjacke.

Sie sollten auch einen Schlafsack kaufen. Es gibt nichts Schöneres, als im Schnee zu schlafen. Neben Alba steht eine junge Frau mit kurzen roten Haaren und Cargohosen. Ich bin Paivi. Hallo.
Paivi ist Expeditionsleiterin einer Journalistengruppe und lädt Alba spontan ein, sie zu begleiten. Alba sagt zu.
Nach einer halben Tagesreise mit Schneemobil und Hundeschlitten sitzen alle am Abend am Lagerfeuer

vor einer Hütte in Lappland, Lachssuppe mit Dille, einen Schnaps auf Ex und schlafen gehen. Im Schnee. Aus dem Schornstein ihrer Gedankenfabrik dampft der weiße Atem in die dunkelblaue Nacht. Die Expeditionsleiterin breitet ein Rentierfell über jeden Schlafsack. Lasst bitte eure Hauben auf. Es wird kalt. Aber schön.

Schnell ist es still. Alle schließen die Augen.
Alba öffnet sie. Sie fühlt die kalte Luft auf ihren Wangen.
Minus 13 Grad Celsius. Albas Gehirn hat es schön kühl. Sie ist umgeben von der Schönheit des Waldes. Alba setzt sich auf, ihr Blick wandert zum Waldrand. Der Wald schließt an ein großes Schneefeld. Ein zugefrorener See. Nichts stört die absolute Stille.

Alba blickt in zwei bernsteinfarbene Augen. Alba blinzelt. So wie es Katzen tun. Tiere fühlen sich dann nicht bedroht. Die bernsteinfarbenen Augen blinzeln zurück. Sie sieht Alba. Und Alba sieht sie. Sie bleibt stehen und sieht Alba an. Geh nur, du bist auf deinem Weg, schöne rote Fähe. Ja und du bist es auch, Alba. Du weiße Perle. Die hellrote Füchsin trabt weiter Richtung Wald. Ohne Hast. Ohne Angst.

Alba schreibt in ihr Heft:

> *Wenn wir still sind und zuhören, verstehen wir,*
> *was die Tiere sagen.*

Am nächsten Tag gehen alle in die Schwitzhütte am See. Zuerst die Frauen. Der Ofen wurde bereits vor Stunden angeheizt, die finnische Expeditionsleiterin Paivi erzählt, das finnische Frauen feurige südländische Männer lieben. Weil alles andere in Finnland so unterkühlt ist und der Winter sehr lang. Es werden die meisten Bücher hier gelesen aber auch der meiste Schnaps getrunken. Wenn man auf einen Tanztee geht, und mit demselben Mann zweimal hintereinander tanzt, gilt das als Verlobung.

Die Frauen lachen und albern herum über die Qualitäten der Liebhaber aus allen Ländern. Alba fühlt sich wohl in ihrer Haut. Nackt unter lachenden Frauen.

Durch eine rechteckige Öffnung im See steigen sie an einer Leiter in das Eiswasser. Das Wasser wirkt wie ein Defibrillator. Alba taucht bis zum Hals ein. 100.000 Ameisen krabbeln an ihr hoch. Alba kann nicht mehr aufhören zu lachen, die anderen Frauen fluchen und schimpfen und lachen. Nie fühlten sie sich so lebendig wie in diesem Schneeloch im See mitten im Wald im eingeschneiten Lappland.

Alba geht zu Fuß

Alba denkt an die Füchsin. Ich gehe meinen Weg.

Wo kann man einen ganzen Tag nur geradeaus gehen? Oder zwei Tage oder zwei Wochen? Alba hat immer weniger Lust in Betonschuhschachteln zu schlafen, so nennen die Roma unsere Häuser. Alba möchte ab nun im Hotel schlafen. Im Starlight- Hotel. Unter dem Sternenhimmel. Australien. Outback.

Das Flugzeug spuckt Alba am anderen Ende der Welt aus. Es ist gerade Sommer. Das hat sich Alba vorher nicht überlegt, es hätte ihr Reiseziel aber auch nicht beeinflusst. Alba fährt zu einem Laden für Tramper und Abenteurer und Menschen, die im Freien schlafen wollen. Sie kauft die nötigsten Dinge ein. Und probiert Wanderschuhe.

Alba packt eine Wasserflasche, einen Kocher, eine Topf, ein paar Konservendosen mit Linsen, Kaffeepulver, ein Messer, einen Schlafsack und ein Kissen in einen Rucksack.

Sie wollen alleine los? Ja, sie will alleine. Los.

Nur dass es da ein Problem gibt. Durch das Heilige Land der Aborigines darf sie nicht alleine gehen. Sie ist eine Frau. Der Mann aus dem Tramperladen organisiert einen Führer. Ein Ältester begleitet sie durch das Stammesgebiet der Aborigines. 3 Wochen setzen sie einen Fuß vor den anderen. Sonst ist hier nichts zu tun. Sie spricht seine Sprache nicht. Er spricht ihre Sprache nicht. Es spielt keine Rolle. Sprache ist nicht Worte. Sie stören sich gegenseitig nicht. Sie sitzen am Feuer. Er fängt einen Hasen. Alba kocht Linsen. Sie will keine Tiere mehr essen. Er kostet die Linsen. Er heißt Sam. Sam nickt mit dem Kopf. Albas Dosenlinsen schmecken im gut.

Alba schreibt in ihr Buch.

    Sprache ist nicht Worte.

Und:

    Linsen machen auch satt.

Und sie gehen noch drei Wochen weiter durch das Outback. Als gäbe es ein Ziel. Nach 6 Wochen sind sie durch den Bereich der Aborigines durch. Alba hat Sams Welt gesehen und Sam hat Alba gesehen. Ohne Worte. Ohne Bewertung. Jeder hat den anderen sein lassen, wie er ist. Mehr ist dazu nicht zu sagen.

Zum Abschied nimmt Sam Albas Hand, spricht ihren Namen und drückt sie an sein Herz. Alba lächelt und nickt. Das Herz ist der einzige Ort, an dem sie Dinge aufbewahren will. Je weniger Zeug du zu tragen hast, desto freier bist du. Alba schenkt Sam ihren kleinen Campingkocher und eine Dose Linsen.

Alba ist 300 Kilometer zu Fuß gegangen. Sie hat immer im Freien übernachtet. Nichts hat sie aufgefressen und sie hat auch nichts aufgefressen. Jetzt ist Alba müde und möchte ihre Beine ausruhen. Alba geht in Carnavon an Bord eines großen Frachtschiffes, legt sich an Deck in ihren Schlafsack und schläft. Zwei Tage und zwei Nächte fast durch. Nachts öffnet sie die Augen, alles ist still. Oben sind die Sterne und dazwischen die salzige Meeresluft.

Ausgeschlafen und hungrig geht sie von Bord, in einer Stadt deren Namen sie nicht kennt. In einem kleinen Hafenrestaurant bestellt sie einen Teller frittierte Sardinen. Das Paar am Nachbartisch hat eine Seekarte ausgebreitet. Nehmt ihr mich ein Stück mit?

Die beiden laden Alba an ihren Tisch ein. Immer wieder nehmen sie Gäste als Passagiere an Bord ihres Segelbootes gegen einen Obolus, und finanzieren damit ihr Weiterkommen. Am nächsten Morgen soll die Reise losgehen. 7 Tage und 7 Nächte wird die Überfahrt dauern. Alba füllt ihren Rucksack mit notwendigen Dingen.

Alba auf der Insel.

Streichhölzer, Messer, Hefte, Konserven, Trinkwassertabletten, eine Schnur.

Irgendwo in Polynesien geht Alba von Bord, auf einer kleinen Insel die zu den Marquesas gehört. Sie hat die Überfahrt und die Geschichten der beiden Seenomaden genossen. Jetzt will sie Stille. Sie will nicht reden. Sie will ihre Stimme nicht hören. 3 Monate, vielleicht 4. Außer mit dem nackten Leben will sie sich mit nichts befassen. Einatmen. Ausatmen.

Ob Alba Angst hat vor wilden Tieren?
Vor dem Alleinsein?
Vor der Dunkelheit?
Nein. Das Böse ist nicht auf einer unbewohnten Insel im Ozean, nicht im Dschungel, nicht in einer Sternennacht zu finden....

Alba schreibt in ihr Heft:

Das Wildeste im Leben ist der Mensch

Die beiden Weltumsegler lassen Alba ein Funkgerät da. Zur Sicherheit. Was auch immer das sein soll. Wenn sie lang genug allein war, wird ein Schiff kommen. So einfach ist das. Muss man nur beim Universum bestellen.

Alba schenkt Doris zum Abschied eine Kette mit blauen und seidigtürkis schimmernden Holzperlen, wie das Meer.

Doris schenkt Alba ein Buch. Alba freut sich sehr darüber. Das Buch hat den Titel Freiheit und ist von einem gewissen R. Bornhorst. Alba hat im letzten Jahr kein Buch gelesen. Jetzt ist sie aber neugierig, was ein Mensch über die Freiheit in ein Buch schreibt. Eine einsame Insel ist ein guter Platz, um dieses Buch zu lesen. Unter freiem Himmel mit den Füßen im Sand. Total hobbylos und frei.

Die Insel sieht so aus, als hätte ein fotoshopversierter Grafiker gutes Gras geraucht. So, wie sich jeder eine Insel vorstellt. Sand wie Puderzucker, Meer türkisblau, Palmen, Dschungel und Inselvogelgeräusche.

Alba entdeckt ein verlassenes Baumhaus unweit vom Strand. Es kann ein kleines *Refreshing* vertragen, was kein Problem darstellt. Der Dschungel besteht ja quasi nur aus Dschungelbaumhausbaumaterial.

Alba richtet sich ein. Sie hat Essen für 30 Tage. Der Rest wächst bestimmt hier. Seit Alba Alba heißt und nicht mehr Dora, isst sie nur mehr, wenn sie Hunger hat. Manchmal hat sie zwei Tage keinen Hunger, aber dafür schläft sie zwei Tage. Sie kommt immer mehr in den Rhythmus der Natur… ihrer Natur, einer Steinzeit-Alba. Ihr Körper ist dankbar, sehnig, straff und rosig wie nie zuvor. Sie spürt jeden Muskel und hört jedes Zeichen. Sie ist in Bewegung. Jeden Tag. Ihr Körper verlangt das. Zuerst die Augen öffnen und dann schwimmen. So beginnt ein schöner Tag.

Sie fühlt sich gesund, stark und ruhig. Alba hat keine Angst. Und weil sie keine Angst hat, passiert ihr auch nichts. Das ist ein universelles Gesetz. Früher hatte sie alle möglichen Unverträglichkeiten und Allergien, die gerade in Mode waren. Die hatte sie sich einreden lassen. Gutes Geschäft, das Leiden der Menschen, sehr einträglich. Alba hat sich das alles unterwegs wieder ausgeredet. Unterwegs sein heilt. Sie ist gesund. Ihr fehlt nichts. Sie hat Puls. Sie hat Herzschlag. Sie hat Lust, tief Luft zu holen. Sie hört nur auf sich. Und auf den Wetterbericht. Man könnte sagen, Alba ist authentisch. Fast so authentisch wie eine Katze.

Alba schreibt in ihr Heft:

Ich sein ist gesund.

Verträgt dieses *Ich* einen Partner? Doris vom Schiff hat Alba gefragt, ob sie sich denn keinen Seelenpartner wünsche für ihr Leben?

Alba hat sich das bisher nicht gefragt. Es gab Männer in ihrem Leben. Die liebten sie aber immer nur solange sie sich hübsch um deren Leben herum drapierte, wie eine Girlande um einen Weihnachtsbaum. Daran war sie selbst schuld. Sie hat es zugelassen. Bis sie dann ging. Sie ging immer. So etwas will sie nicht mehr haben. Es ist anstrengend. Das ist nicht richtig. Richtig ist es, wenn es leicht geht.

Sie hat nun eine Liebesbeziehung mit sich selbst. Sie kann immer auf sich zählen und seit ihrem Sprung aus 60 Metern in die Tiefe ist ihr Respekt für sich selbst - für Alba - still jeden Tag gewachsen. Ihre Liebe zu sich selbst ist radikaler geworden. Wenn es einen Menschen gibt, der sie erkennt und so nimmt wie sie ist, dann wird er kommen. Es hat keinen Sinn ihn zu suchen. Alle anderen dürfen weitergehen.

Alba schreibt in ihr Heft:

> *Selbstliebe ist die Grundlage für jede andere Liebe.*

Und

> *Lieben kann man nur, wenn man auch allein sein kann. Denn dann hängt die Liebe zu jemand anderen nicht von seiner Anwesenheit ab.*

Die Insel ist nicht einsam

Doris und Manfred segeln seit 20 Jahren durch die Meere, auf der kleinen Insel in Polynesien haben sie Alba mit gutem Gewissen ausgesetzt. Sie ist voller Früchte, bunter Vögel und zwei, drei kleiner Dörfer.

Alba geht zum Strand. Sie will vor dem Frühstück schwimmen. Im Meer ist sie nur ein weiterer Fisch. Ein Teil vom Ganzen. In beinaher Schwerelosigkeit. Sie kommt aus dem Wasser. Am Strand sitzt ein junger Mann. Gefühlte drei Meter groß, Schultern so breit wie 2 Flugzeugsitze. Er hat einen Gesichtsausdruck wie ein kleiner Junge und einen Körper wie Herkules. Aloha sagt er. Alba hat außer einer Bikinihose nichts an. Er trägt auch nur bunte Shorts. Also. Alba hat nicht mit Besuch am Morgen gerechnet an ihrem einsamen Strand. Aloha sagt Alba.

You are a very good swimmer. Er zeichnet einen Delphin in den Sand mit seinem großen Zeigefinger und zeigt auf Alba. Er nickt mehrmals mit dem Kopf. Jetzt lach er. In seinem Mund müssen an die 60 Zähne sein, so breit ist sein Lächeln.
Can you teach me how to swim like you?

Albas Magen knurrt laut. Ehe sie es sich versieht, steht er bis zu den Knien im Wasser und hat drei Fische aufgespießt. Let´s have breakfast.
Alba deutet auf ihr Baumhaus rund 50 Meter vom Strand.

Der junge Insulaner deutet auf seine Brust. Malu. Malu.
I am not Jane. I am Alba, sagt Alba.
Schnell ist das Feuer entfacht, Malu verschwindet hinter dem Baumhaus im Wald. Er kommt mit zwei Kokosnüssen zurück. Mit einem Stein klopft er einen Kreis ohne viel Kraftaufwand rund um die Nuss. Alba beobachtet ihn interessiert. Er teilt sie entzwei und gibt Alba die Hälfte mit dem Kokoswasser. Die Fische brutzeln auf dem Rost, Alba schneidet zwei Mangos auf. Seit sie hier ist, weiß sie, wie eine reife Mango wirklich schmeckt. Alba ist in ihrem Baumhaus gut eingerichtet, als würde sie schon sehr lange hier leben.

Malu hüpft den ganzen Nachmittag um ihr Haus herum, bindet da eine Latte fest, schlägt dort etwas in den Boden und raschelt im Unterholz. Bald darauf kommt er mit einer geflochtenen Matte aus Bananenblättern wieder. Mit Seilen befestigt er die Hängematte zwischen zwei Palmen. Albas Heim sieht nun aus wie eine extrem exotische Postkarte.

Dann setzt er sich zu Alba. Can you teach me?

Er betrachtet Alba von oben bis unten.
Can you teach me to swim like you? You are so fast and silent!
Alba fragt nicht. Sie hat schon oft gehört, dass gerade Menschen, die am Wasser leben, nicht gut oder gar nicht schwimmen können. Aus vielerlei Gründen.

Okay. Malu. Komm morgen früh.
We start tomorrow? Malus Augen leuchten.
Yes. You will swim tomorrow. Like a dolphin.

Kaum ist am nächsten Morgen die Sonne aufgegangen, steht er schon vor ihrer Hütte.
Bewaffnet.
Mit Kokosnüssen und Früchten.
Das Meer ist ruhig und glatt. Der Strand fällt flach ab. Ideal.

Sie gehen bis zum Bauchnabel hinein, Alba spürt Malus Anspannung.
Sie nimmt in an beiden Armen.
Das Wasser trägt dich.
Nur das musst du wissen. Malu muss auf den Bauch liegen, Alba stützt ihn mit einer Hand. Das Wasser trägt dich. Siehst du? Fühlst du das? Beweg die Arme so. Und jetzt die Beine. Sie gibt ihm einen festen Schubs. Er macht alles, was sie von ihm will, zuerst

hastig, dann immer ruhiger. Sie schwimmt neben ihm her. Das Meer trägt ihn. Nach einer Stunde schwimmt er sicher. Eine Stunde und ein Mensch, der weiß, dass das Meer dich trägt. Fertig. Malu ist nicht mehr aufzuhalten. Wie ein Kind nach dem berauschenden Erfolg der ersten Schritte. Jedes Kind kann schwimmen, es muss sich nur daran erinnern. Wir können schon alles. Wir müssen uns nur erinnern. Und vertrauen. Vertrauen und erinnern. Dem Meer, Alba und sich selbst.

Am Nachmittag lädt Malu Alba ein, in sein Dorf mitzukommen. Er lebt bei seiner Tante und seinem Onkel. Malus Tante Elli freut sich über jeden Besuch und die Abwechslung. Besucher von weither sind wie Radiosendungen aus einem anderen Land. Ihr Mango-Gemüse-Eintopf mit Yamswurzel lockt immer die Nachbarn an. Alle sitzen im Garten unter den blühenden Bäumen mit den duftenden gelben Blüten. Ylan Ylang.

Nach dem Essen bringt der Onkel den Kokosschnaps und alle lachen. Malu nimmt seine Ukulele und beginnt zu singen, in seinen Armen wirkt das kleine Instrument wie ein Kinderspielzeug. Er hat eine Stimme so samtig wie die zarten Nüstern eines cremefarbenen Pferdes. Bald singen alle mit.

Auch Orla. Sie ist wie Alba nicht von dieser Insel. Orla besteht nur aus blauen Augen, rostroten kurzen Haaren und sehr langen Beinen. Alba weiß bis zum Schluss nicht, ob Orla ein Mann oder eine Frau ist.

Vermutlich ist sei beides. Rolle spielt es keine.

Orla ist Irin. Seit neun Jahren lebt sie auf der Insel. Seit sie damals für einen Job hierherkam und blieb. Orla ist Model. Eines von den Models, die am Tag so viel verdienen wie hundert ostpolinesische Tätowierer in einem guten Jahr.

Seit sie damals von der Fähre gestiegen sei, habe sie gewusst, das hier ihr zuhause ist. In Irland hatte sie das Gefühl nie, dafür waren die Menschen zu reserviert. Oder das Wetter zu kalt.

Orla will Alba die Insel zeigen.

Sie hat zwei Pferde im Garten stehen, die aussehen als hätten sie Sommersprossen. Orla erledigt alles mit dem Pferd. Gemüse und Brot kaufen, zum Strand reiten. Ausflüge machen. Albas Augen glänzen, sie stimmt freudig zu.

Am Abend schreibt Alba in ihr Buch:

Einsame Inseln sind es manchmal nicht.

Alba freut sich auf den Ausritt. Die beiden wollen in die Berge. Orla, die eigentlich Orlanda heißt, wurde mit 16 Jahren in einem Kaff eine Stunde von Dublin entfernt von einem Model Scout entdeckt. Orla hat bald darauf die Schule und die kleine Stadt verlassen, und 10 Jahre lang gearbeitet und exorbitant viel verdient. Hochbezahlt in Tokyo und New York. Orla ist blaue Augen und irische rote Haare. Wer einmal hingesehen hat, kann nicht mehr wegsehen. Alles andere an ihr ist durchsichtig, ätherisch, androgyn und unbestimmt. Bis sie lacht wie ein irischer Pub-Besitzer und sich dabei auf die Schenkel klopft. Orla macht noch zwei, drei Modeljobs im Jahr, die sie sich gigantomanisch bezahlen lässt. Damit kann sie auf der Insel gut leben und sich auf das konzentrieren, was wichtig ist. Orla lebt einfach.

Noch nie hat Alba ein Haus gesehen, dass so schlicht und so schön war. Ein weißer Bungalow mit dunklen Holzbalken. Holz und Steinböden, weiß getünchte Wände, ein riesiger alter Holztisch, ein Daybed mit wunderschönen bunten Kissen, aus Stoffen, die Orla auf der ganzen Welt sammelt, das ist ihre Leidenschaft. Im ganzen Haus befindet sich nichts Überflüssiges – und kein Plastik. Hinterm Haus stehen die Pferde auf einer Wiese unter alten Tropenfruchtbäumen, eine Hängematte, eine Feuerstelle. Ein langes gedrehtes Horn auf der Stirn der beiden sommersprossigen Pferde hätte hier niemanden gewundert.

Alba schreibt in ihr Buch:

*Dinge sollen in erster Linie schön sein, eine
Funktion haben oder besser zwei und dich
glücklich machen. Lass nichts Überflüssiges
deinen Raum einnehmen und fast kein Plastik.*

Niemand hat Alba auf ihrer Reise je gefragt, was sie
macht. Womit sie ihr Geld verdient. Man hat sie
gefragt, möchtest du essen, trinken, mit uns feiern,
bei uns wohnen, schwimmen, am Feuer sitzen,
mitsingen oder mitsegeln?

Wer ist Alba?

Früher war sie ein sittsamer Hamster, eine Figur in der
Matrix, Opfer, Sklavin, die ihre Zeit gegen Geld
verkauft hat. Die alle möglichen Krankheiten hatte
und Unverträglichkeiten, Allergien. Jetzt hat sie nur
mehr eine einzige Unverträglichkeit. Gegen unfrei
sein. Gegen müssen. Jetzt kann sie alles sein und muss
nichts sein. Außer eine Inspiration.

Alba schreibt in ihr Buch.

Ich bin vielleicht eine Muse

Orla das Model und Alba die Muse steigen auf die
Pferde und reiten in die Berge. Noch nie in ihrem
Leben hat Alba so viel geredet und noch nie ist es ihr
so leichtgefallen. Als hätten Orla und sie den gleichen
Radiosender aufgedreht. Als wären sie Schwestern.
Als wären sie schon öfters Schwestern gewesen. Als
wären sie seit vielen Leben Schwestern. Alba weiß
nicht, warum sie das weiß. Sie hat keinen Bruder und
keine Schwester. Sie ist mit 16 von zuhause

ausgezogen, geflohen trifft es noch genauer, denn sie war Gesprächs- und Interessensmittelpunkt ihrer Eltern. Aber eher so wie man über einen buntgefärbten Pudel oder seltenen Papagei oder ein teures Reitpferd spricht. Andere Gesprächsinhalte hatten ihre Eltern anscheinend nach ihrer Geburt aus den Augen verloren. Ihre Mutter war ein etwas weinerliches leidendes Herz, eine selbsternannte Aufopfernde. Ihr Vater war wenn dann nur physisch anwesend. Er leitete immer irgendwelche ganz geheimen Missionen im Ministerium oft die ganze Nacht, weil es in anderen Ländern halt mitten in der Nacht morgens ist. Alba war froh, wenn sie ihre Ruhe hatte. Da konnte sie schreiben, kleben, experimentieren, träumen, häkeln, stricken, hämmern, Kassetten aufnehmen und fotografieren! Das liebte sie besonders. Sie liebte so vieles, deshalb konnte sie sich nur sehr schwer für eine Schule entscheiden. Sie entschied sich für eine graphische Schulausbildung, Fotografin hat sie sich nicht zugetraut. Aber Schriften entwerfen am Computer schon. Die Reaktionen ihrer Familie auf ihre Fotografien waren verstörend für die kleine Künstlerseele. Deshalb ließ sie es irgendwann bleiben. Als sie sich in Shanghai die kleine Digicam gekauft hatte, fühlte sie sich, als würde sie an die Leidenschaft für das Bild in ihrer Kindheit anschließen. Und als hätte sie einen farb- und tonlosen Film endgültig abgedreht in ihrem Kopf. Orla, das Pferd, die Südsee wir alle haben Bilder dazu vor Augen. Aber in Albas Kopf sehen die ein wenig anders aus, als würde sie andere Dinge sehen. Ihre Augen atmen eine andere Luft.

Alba und Orla machen Pause an einem moosbewachsenen Felsen. Also wenn das Wetter nicht wäre, könnte man meinen, wir sind im Waldviertel.

Orla steigt vom Pferd und beginnt, kleine weiße Blütenköpfe abzupflücken und in ihre Korbtasche zu geben. Monuka oder Südseemyrthe. Sie sind kleine Wunderpflanzen, Orla steckt die Nase in eine Blüte und hält sie Alba hin. Der Duft ist zart und warm und holzig und ....blumig. Daraus mach ich einen Auszug und mit dem Auszug eine Creme. Nach drei Wochen hast du Babyhaut, keine Falte mehr zu sehen. Ich esse sie aber auch im Salat oder bring sie Malus Tante. Die mischt sie in die Crema blanca. Alba macht Fotos. Viele Bilder von der ungeschminkten ungekämmten wundervollen Orla und ihrem orchideenweißen Gebiss. Sie reiten weiter, drei Stunden bis zu einem riesigen Plateau. Here we are. Alba strahlt. Die Bucht die sich ganz unten auftut, die grünen Berge das perlmutdunkeltürkisblaue Meer. Ihre Augen sind feucht. Bestimmt vom Wind. Mir kommen jedes Mal Freudentränen, wenn ich das hier sehe und mir klar wird, dass es mein Zuhause ist. Orla fängt sich schnell wieder. Yo Sis, ich hab Bock auf Bier. Wie sieht es bei Dir aus? Du bist sicher durstig wie ein Pferd. Sie lacht ihr irisches Bierkutscherlachen und schlägt Alba auf den Rücken. Alba verwuschelt ihr die Haare. Sie trinken Bier mit Aussicht und sammeln ein paar Stöcke zusammen für ein Lagerfeuer. Wenn einmal das Feuer brennt am Abend, dann ist alles gut. Dann ist der Tag um. Egal wie er war. Jeder hat nur 24 Stunden, ganz gleich, ob er schön oder schrecklich war. Wer am Abend ein Feuer anzünden kann mit Freunden oder allein, ist ein glücklicher Mensch.

Alba schreibt in ihr Heft:

> *Ein Lagerfeuer wärmt deine Seele und deinen Körper. Das Feuer bewertet nichts und es verbrennt alles, was keine Freude macht.*

Orla redet ununterbrochen, sie weiß viel über diese Blume und über Naturkosmetik. Das hat ihr schon als Kind Freude gemacht mit Mamas Cremen, Gesichtsmasken und Ölen zu pantschen.

Die Rezeptur ihrer blumigen Südseecreme ist geheim und wertvoll. Das weiß sie. Sie ist auf der Suche nach einem Kosmetikkonzern, der Wert legt auf Nachhaltigkeit statt Masse. Die Blume wächst wie Unkraut hier auf der Insel, sie muss nicht geschützt werden. Orla hat keine Lust auf Schwärme von chinesischen zu Blumenpflückern umgeschulten Reisarbeitern, die an ihrer Galoppstrecke hocken und Blüten ernten. Alba denkt nach.

Dann fällt ihr etwas ein. Sie hat für eine Wiener Kosmetikfirma Verpackungen designt, die gesamte Firma besteht aus zwei Schwestern, die wie ein Zug auf Schiene unbeirrbar ihren Traum verfolgen. Naturkosmetik aus österreichischem Thermalwasser. Was in Vichy geht, geht auch in Bad Vöslau. Alba schreibt ihnen. Am nächsten Tag bekommt sie Antwort. Alba sieht drei junge Frauen vor sich, die aus vielen kleinen Blüten eine Zaubercreme herstellen und mit ihrem Herzensprojekt durch die Decke gehen. Vier Wochen später steigen die beiden Schwestern und Gründerinnen von Wunderkosmetik in einen Flieger um Alba und Orla zu treffen und die Zaubercreme zu testen. Monuka. Die Pflanze ist als Heilpflanze bekannt, aber Orla hat herausgefunden, dass sie nicht nur bei Hautkrankheiten hilft sondern auch bei Feuchtigkeitsmangel der Haut. Wenn es hier auf der Insel nicht total egal wäre, würden sie mich nach meinem Ausweis fragen, wenn ich Bier kaufen will. Es ist wahr. Alba findet, dass Orla oft aussieht wie ein kleines Mädchen, und Alba findet auch, dass dieses kleine Mädchen manchmal aus ihr selbst herausleuchtet. Egal, was für ein Geburtsdatum im Reisepass steht.

Die Zaubercreme soll Alba heißen sagt Orla. Hmmm. Und wie wäre Orla für den Tag und Alba für die Nacht? Oder ORLALBA, das klingt sehr nach Südsee. Im Geist zeichnet Alba schon das Design für die Cremedosen.

Alba erwacht am nächsten Tag in Orlas schönen, aufgeräumten, einfachen Haus und ist...indifferent.

Ist das genug im Leben? Alles schön haben, keine Sorgen, gesund sein, Freunde, Essen, Pferde, Südsee... Ukulele? Alba geht in den Garten und dann in den Wald. Ihr Leben ist Bilderbuch. Seit einem Jahr. Seit sie Dora gekillt hat, seit sie ihr *Mindset* durchgeschüttelt hat am Ende eines 60 Meter langen Bungeegummis wie ein Knochenmobile und ein paar Millionen manifestiert hat.

Alba ist neu. Alba geht nicht mehr im Kreis wie Rilkes Panther. Alba isst in Ruhe und schläft in Ruhe und spricht in Ruhe und geht in Ruhe. Und denkt in Ruhe. Immer öfter. Die Hektik hat sie komplett ausgekillt aus ihrem Leben. Alba ist dankbar. Danke. Danke. Danke. Sagt sie jeden Morgen. Alba stellt sich Fragen. Was ist es, das mir im letzten Jahr am meisten Freude gemacht hat? Abgesehen vom frei sein, draußen sein, unabhängig sein, still sein, …

Die drei chinesischen Schwestern fallen ihr ein. Näht bitte Tuniken nach diesem Schnitt, wir sind verrückt danach im Westen, schöne Farben aber keine Enten bitte und keine Schmetterlinge auskochen. Dann Aurora mit ihren Perlenketten, sie selbst mit ihrer Goldmedaille, Malu mit seinen Schwimmerfolgen, Orla und ihre Kooperation mit der Wunderkosmetik. Alba hat all das angestupst wie die Fee mit dem Zauberstab, sobald sie es gut findet, zweifelt niemand mehr den Erfolg einer Idee an. Ist das der Musenkuss? Oder Feenstaub oder ist das Manifestation? Ist es am Ende einfach Alba?

Alba schreibt in ihr Buch:

> *Alles was du dir vorstellen kannst, kann real werden. Folge einfach der Freude!*

Albas Gefühl für diese kleine uneinsame Insel ist nur mit einem Wort zu beschreiben. Zuhause. Die Menschen, der Eintopf von Malus Tante, die Ylang Ylangbäume, die zwei Pferde von Orla mit den Sommersprossen, sie heißen Heidi und Cindy. Orla, Malu, Malus Ukulele, sie selbst am Strand mit diesen unausradierbaren leicht nach oben zeigenden Mundwinkeln.

Heimat ist nicht der Ort, an dem man immer sein muss. Alba hat das erste Mal, seit sie nicht mehr Dora ist, Lust und den inneren Drang, etwas zu tun, etwas zu bewegen, etwas zu schaffen, etwas zu bauen, etwas zu produzieren. Für sich selbst.

Alba besucht Malu. Komm ins Haus, wir backen Zitronenkuchen, sagt Malus Tante Elli zur Begrüßung. Es ist der dritte Zitronenkuchen diese Woche. Wir haben einfach zu viele Zitronen.

Alba folgt ihr in die kleine, angenehm kühle Küche des Steinhauses mit den dicken Mauern.

Die Küche duftet intensiv nach den Zitronenzesten, die Malus Tante schon vorbereitet hat. Malus Tante verschwindet im Garten und kommt einige Augenblicke später mit fünf frischen Hühnereiern zurück. Während Alba mit einem großen hölzernen Löffel das Kokosmehl unter den Teig hebt, weiß sie plötzlich was ihr fehlt.

Ein Nest. Ein Haus aus Holz und Stein, ein Garten und eine Küche, in der sie Zitronenkuchen backen kann, wenn Freunde kommen oder Fremde oder einfach wenn die Zitronen reif sind. Also jeden Tag. Die Zitronen sind hier das ganze Jahr reif. Das ist das Schöne an ihrer Insel. Meine uneinsame Insel. Te quiero. Ti amo. Je t´aime. Love you. My unlonely island.

Malu kommt bei der Tür herein und erzählt, das ein kleines Haus mit großem Garten zu verkaufen ist am Dorfrand, auf einer Anhöhe mit Blick auf den Ozean…

Alba hört zu rühren auf! Bestellung abgeschickt, geliefert mit Overnightexpress? Ein Haus!

Malu bietet Alba an, sie hinzufahren. Als sie das Haus sieht – und es ist alles andere als in einem perfekten Zustand – spricht sie den ersten Gedanken aus, den sie hat. Ja ich will dich. Diesen Satz wird sie in ihrem Leben nie wieder mit solcher Überzeugung sagen. Das kam von ganz tief drinnen.

Nicht weil das Haus so atemberaubend ist, nicht weil es so toll in Schuss ist, im Gegenteil. Es regt Albas Phantasie an, sie beginnt im Geiste schon die Wände auszumalen, die Möbel aufzuzeichnen, und sie will alles mit Materialien von der Insel machen. Kunststofffrei. Das Haus ähnelt von der Bauart ein wenig Orlas Heim, schön vorgeliebt und viel Platz für Interpretationen und Variationen von allem, was die Insel an Schönem bereithält.

Alba schreibt in ihr Notizbuch:

> *Manchmal kommt es anders, als geplant und das Herz schreit so laut Ja, das sich der Kopf nur mehr erschrocken die Ohren zuhalten kann.*

Fürs und Widers? Wen um alles in der Welt interessiert das? Die allereinzigste Frage, die du dir stellen sollst, ist: Will ich die Person sein, die in diesem Haus auf dieser Insel lebt? Sehe ich Bilder vor mir, wie ich in dem Haus einen Kuchen ins Rohr schiebe, barfuß durch den Garten gehe und vom Bett aus den Abendhimmel betrachte? Wie ich dem Haus meinen Atem einhauche, denn Seele hat es schon. Fühlt es sich leicht und richtig an? Das sind die einzigen Fragen, die zählen.

Alba ist aufgeregt. Vor dem ersten Kaffee am nächsten Morgen schnappt sie sich das klapprige Rad von Malu und fährt zu Orla. Orla, ich muss dir etwas zeigen. Orla stellt ihren Kaffee weg und schwingt sich auf Heidi mit den Sommersprossen ohne Sattel. Sie reicht Alba die Hand und zieht sie hoch. Sie hat gar nicht gefragt, was es um diese frühe Morgenstunde zu sehen gibt und treibt das Pferd voran.

Nach 10 Minuten stehen sie vor dem verlassenen Steinhaus. Die Fenster gehören getauscht und der Vorgarten muss bunter blühen, ich würde die Wände tünchen, das ist natürlich und gesund. Ansonsten….. schon ist sie durch den Eingang. Da können wir ein schönes Mosaik aus Muscheln und Steinen machen als Boden im Badezimmer. Der Raum hier wird das Schlafzimmer. Nur ein großes Holzbett, nichts Überflüssiges… Orla baut das Haus bereits im Geiste um, sie hört gar nicht mehr auf zu reden. Auf einmal ist sie still. Sie hat eine hölzerne Doppeltüre aus Lamellen geöffnet, die in den Garten hinter dem Haus führt. Ihr Mund steht offen. Das ist… Ohmeingott, Alba komm! Lost paradise! An einer exotischen blasslila blühenden Pflanze schwirrt es wie im Bienenstock. Kolibriflügel elektrifizieren die Luft, Ylang

Ylang in voller Blüte und ein riesiger über und über mit reifen Früchten behangener Zitronenbaum, dann nur mehr grüne Gräser bis zur Landkante. Ihr Blick entdeckt das Meer.

Orla dreht sich zu Alba um. In ihren Augen spiegelt sich das schönste Blau der Welt. Meer am Morgen. Nimm es. Heute noch. Jetzt. Morgen können wir anfangen. Ich helfe dir bei allem. Ich bin der beste Handwerker, den du auf dieser Insel finden kannst. Und Malu und sein Kumpel Nino sind geschickte und fleißige Arbeiter. Alba nimm es, bitte!

Am Nachmittag bringt Malu Alba ins Haus des Ortschefs, der den Nachlass der Frau, die in diesem Haus gewohnt hat, verwaltet. Er hält einen langen Vortrag über die tolle Lage und die vielen Interessenten und stellt sich darauf ein, dass jetzt das Feilschen beginnt.

Alba hört ihm nur still zu. Dann fragt sie, was der Preis des Hauses ist. Der Ortschef schiebt ihr ein Stück Papier mit der Summe hinüber, Malu bläst die Backen auf und rutscht im Stuhl ein Stück zurück. Alba zieht das Stück Papier zu sich, greift nach dem Stift und schreibt:

Gekauft

Alba erhebt sich, schüttelt dem Ortschief die Hand. Sie haben das Geld in drei Tagen auf ihrem Konto. Er drückt ihr einen Bund Schlüssel in die Hand. Malu springt auf. Draußen hebt er die Hand zum High Five.

Willkommen Frau Nachbarin. Jetzt bist du Insulanerin. Alba lächelt. Einsame Insel plötzlich zum Lebensmittelpunkt geworden. Eine schöne Wendung.

Gleich am nächsten Tag fährt Orla mit Alba in den kleinen Baumarkt, ca. 30 Minuten entfernt.

Beim gemeinsamen Frühstück haben sie grobe Skizzen angefertigt und den Bedarf an Farbe und Holz ausgerechnet. Alba will so viel wie möglich aus Fundstücken von der Insel gestalten, sie hat es nicht eilig, sie will das Haus ganz sanft herrichten, seine Seele freilegen und ihre eigene Handschrift wie ein zart transparentes Mehndi darüberlegen. Die Frau, die vor ihr hier gewohnt hat oder es vielleicht sogar gebaut hat, hat mit viel Gespür und praktischem Verstand ein einfaches und funktionelles und trotzdem schönes Heim geschaffen. In diesem Spirit will Alba weitermachen.

In den nächsten Tagen werken Alba und Orla fast ohne Pause, entrümpeln Dinge, sammeln Steine und Muscheln, rühren Mörtel an, schleifen Böden, tünchen Wände, streichen Türen, kehren und wischen.

Am dritten Tag fahren sie auf den Wochenmarkt und kaufen meterweise bunte Webstoffe. Am Abend sitzen sie bei Orla und nähen riesige bunte Sitzkissen und Pölster und Türvorhänge.

Alba ist von ganz tief innen glücklich. Es ist genau das, was ihr gefehlt hat. Das Gestalten, Ideen umsetzten, spontan sein, Bestehendes verwenden und Neues daraus schaffen. Mit Orla hat sie eine kongeniale

Partnerin gefunden, die geschickt ist, wie ein polnischer Universalarbeiter. Malu kommt mit einem Freund und baut mit Findlingen und Brettern einen Sitzplatz im Garten. Alba hängt zwei bunte Hängematten unter die riesigen Zitronenbäume. Der Garten erlaubt ihr alles. Und wenn sie bunt bemalte Kühe hier halten würde, niemand macht ihr Vorschriften. Alba fällt ein, wie die alte grantige Frau mit den vielen Tierskeletten an der Wand ihr damals verboten hatte, im Gemeinschaftsgarten eine Hängematte aufzuhängen. Aber das war in Doras Leben geschehen. Alba würde so etwas nicht passieren. Alba ist anders. Alba hat jetzt ihren eigenen Garten. Sie schließt kurz die Augen und denkt darüber nach, ob einem im Leben etwas Bedeutenderes passieren konnte, als einen eigenen Garten voller Kolibris und reifer Zitronen zu haben. In tiefer Dankbarkeit faltet sie die Hände und verbeugt sich vor dem Himmel. Danke für alles! Danke! Alba betet.

Danke für meine Katze und für mein Pferd.
Danke für meine Freunde. Danke für diese Insel.
Danke für die Hängematten im Garten und die Zitronen.
Danke für die Kolibirs. Danke für meinen Mut. Danke für meine Eltern und Danke für den Oma-Buddha und die frischen Eier. Danke für meine Neugier. Danke für mein kleines Haus. Danke für den Zitronenkuchen von Tante Eli und Danke für das schöne Meer. Danke für den guten starken Kaffee heute Morgen. Danke für meine Goldmedaille und Danke für die Kardinalschnitte in Pollenca. Danke dafür, dass diese Insel so wundervoll duftet. Danke.

Alba und Orla haben es sich zur Angewohnheit gemacht, regelmäßig den Strand abzureiten und Plastikmüll einzusammeln. Sie sind die berittene plastic-police der Insel. Viele Umweltsünder gibt es hier nicht, die Menschen geben auf ihre Insel Acht, nur dem Meer ist oft schlecht von dem vielen Plastik und es übergibt sich am Strand. Viele Teile, die sie finden, bringen sie zu einer kleinen Initiative auf der Insel, die alte PET-Flaschen mit Sand füllen und Häuser daraus bauen.

Alba erzählt Orla von ihrer Katze Ildiko von K. und ihrem Islandhengst Jackpot. Ob sie ihre Tiere denn nicht vermissen würde, fragt Orla?

Ich liebe sie. Aber sie müssen deswegen nicht um mich sein. Sie sind nicht mein Besitz. Sie sind meine Freunde. Sie sind beide dort, wo es ihnen gut geht. Ich weiß, dass es ihnen gut geht. Das ist das einzig wichtige. Alba will ihr Glück nie mehr davon abhängig machen, dass sie jemanden oder etwas um sich hat. Alba denkt an das Schnurren von Ildiko und die Samtnase von Jackpot. Und macht den nächsten Atemzug. Unter dem Zitronenbaum schläft sie ein und träumt von einer anderen Insel.

Alba auf Amrum

Alba ist mit ihren Eltern jedes Jahr im Sommer verreist. Aber nur an dieses eine Mal kann sie sich lebhaft erinnern. Sie fuhren mit dem Auto auf die nordfriesische Insel Amrum, Alba war 12. Ihrer Mutter wäre Sylt lieber gewesen, weil schicker und mondäner und mehr Promis und weil die Nachbarn Sylt kennen, Amrum nicht. Ihrem Vater war es schlicht zu teuer und er wollte seine Ruhe. Alba hat die Insel geliebt, die fast nur aus Strand bestand und es war nie wärmer als 25 Grad.

Sie wohnten in einer Pension am Nordstrand. Das Haus Sonja wurde von einer Frau geführt, die ihre Gäste wie Familienmitglieder behandelte, oder Freunde. Jeden Tag roch die Küche nach frisch Gebackenem und Sonja wusste viel über die Insel und die Gezeiten zu erzählen.

Bei der ersten Begrüßung überkam Alba das Gefühl, das man empfindet, wenn man einen Menschen wiedersieht, denn man vermisst hat. Sonja schien ähnlich zu fühlen. Sie umarmte Alba und hieß sie herzlich willkommen. Zuhause. Sonjas Herzenswärme säte in ihr die Gewissheit der Existenz grundlos auftretender Zuneigung. Noch dazu da, wo man sie nicht erwartet.

Am dritten Tag kam ein Sturm auf. Orkanartige Böen ließen die Strandhütten durch die Luft fliegen. Alba, die damals noch Dora war, sah gebannt, wie meterhohe Wellen am Strand aufschlugen. Leise schlich sie sich bei der Hintertür aus der Strandpension hinaus.

Alba war fasziniert von der Gewalt des Sturms, und verstand die Natur nur zu gut, die hin und wieder ihre Stärke demonstrierte um den Menschen zu zeigen, wo ihr Platz war in der natürlichen Rangordnung. Alba fühlte sich sicher. Sie stand gebannt am Anfang des

Strandes und dachte: Ich bin ein Teil davon, aber nur ein kleiner, ein unbedeutender. Das war heilsam und schön. Alba wollte nur ein kleiner, unbedeutender, vergänglicher Teil der Natur sein und nichts Besonderes. Für ein paar Augenblicke vergaß sie ihre Eltern und besonders ihrer Mutter, die aus ihr eine Zirkusprinzessin oder eine Präsidentin oder eine Nobelpreisträgerin machen wollte. Jede andere Berufswahl würde sie als Versagen werten, mit den tollen Anlagen, die Alba hatte. Ihre Mutter meinte es nur gut.

Aber als Alba reiten wollte, im Wattmeer, da hatte es ihre Mutter verboten. Viel zu gefährlich und außerdem kannst du doch gar nicht reiten.

Ich bin ein Sandkorn. Denkt Alba.

Nass bis auf die Unterhose und glücklich bis auf den Grund ihrer Seele schlich sie wieder in die Pension zurück. Na, du Inselkind? Sonja wusste alles über Alba und zwinkerte ihr zu, legte ihr ein großes dickes Frotteetuch über die Schultern, rubbelte ihre Haare trocken und gab ihr warmen Rhabarberkuchen. Beim ersten Bissen wusste Alba, sie würde hierher zurückkommen. Immer wieder. An diesen Kinderschwur erinnerte sie sich nun. In ihrem Traum unter dem Zitronenbaum.

Albas Haus auf der kleinen uneinsamen Insel - nennen wir sie *the unlonely island* - war bald fertig. Hell und luftig, ein paar ihrer Illustrationen an den Wänden, ein schönes Foto von Orla und sich, prachtvolle bunte Webstoffe von der Insel,

Treibholzmöbel, Strohmatten, Steine und viel viel Grün. Die Hängematte im Garten war riesig und Alba hatte sogar eine Gästehängematte besorgt. Ihre Tür war immer offen. Mit ihren Inselfreunden und Helfern feiert sie ein gebührendes Einweihungsfest; laut bunt fröhlich und mit den Früchten aus ihrem Garten wurde Zitronenbowle und Zitronenkuchen gemacht. Alba war eine von ihnen. Eine Insulanerin. Es ist Albas erste Party und sie ist ein voller Erfolg.

Aber anstatt sesshaft zu werden auf ihrer uneinsamen Insel, treibt es Alba weiter. Als sie Orla von der Pension Sonja auf Amrum erzählt, zieht es in ihrem Herz und sie spürt Sehnsucht nach dem warmen, herzlichen Lachen dieser Frau und dem seltsam vertrauten Gefühl, das sie dort überflutet hatte. Ob es die Pension noch gab? Und Sonja? Es war mehr als zwanzig Jahre her…

Malu verspricht, sich um das Haus zu kümmern und kann seine Vorfreude, einmal für sich allein sein zu können - bei aller Liebe für seine kleine Tante und ihre köstlichen Eintöpfe – kaum verbergen. Malu bringt Alba und ihren kleinen grünen Rollenkoffer am nächsten Tag zur Fähranlegestelle. Fröhlich winkt er ihr nach, komm bald wieder nach Hause. Alba winkt zurück und hüpft dabei auf dem wackeligen Boot auf und ab. Sie fühlt sich leicht.

Seit langem holt Alba ihr Notizbüchlein wieder hervor.

Es ist schön, fortzugehen, wenn man eine Homebase hat, eine Ladestation, zu der man immer wieder zurückkehren möchte. Noch

*schöner ist es, wenn deine Freunde den Ofen
einheizen und die Ukulele hervorholen, um
Dein Heimkommen zu feiern. Dieser Ort kann
überall auf der Welt sein, vorübergehend auch
in Deinen Träumen.*

Alba schreibt weiter in ihr Notizbuch:

*Deine Familie findest du auf der ganzen Welt
verteilt. Verwandtschaftsgrad spielt keine
Rolle.*

Den sehr langen Flug nach Hamburg hat Alba wieder
einmal komplett verschlafen, sie erwischt die nächste
Fähre und kommt ausgeschlafen auf Amrum an,
mietet sich einen Wagen und fährt direkt dorthin, wo
sich damals die Pension Sonja befand und der Sturm
das Wattmeer aufgepeitscht hat.

Und sie steht dort immer noch.

Alba tritt durch die Tür des schmucken reetgedeckten
Hauses, in dessen Vorgarten noch immer die lange
weiße Bank steht. Neben der Tür hängt ein
Emailschild: Pension Sonja.

Das Haus duckt sich vor den Dünen, um die
Landschaft nicht zu stören, es sieht aus wie damals
nur ein bisschen mehr vom Wind und Wetter
zerzaust. Ein paar Ausbesserungsarbeiten am
Reetdach und ein paar Reparaturen könnte es
vertragen. Alba tritt durch die Tür.

Eine braungebrannte Frau mit dichtem grauem Haar blickt auf und kommt strahlend hinter der kleinen Rezeption hervor.

Dora? Dora!!

Sie umarmt Alba und schiebt sie dann von sich, um sie genau betrachten zu können.

Endlich bist du wieder da. Willkommen zuhause. Ich habe geahnt, dass du kommst. Albas Wangen glühen, sie fühlt sich wie 12. Sonja muss um die fünfzig sein, das silbergraue Haar steht in reizvollem Kontrast zu ihren strahlenden blaugrauen Augen und der gebräunten Haut. Sie ist wunderschön.

Sonja hat ein Zimmer frei für Alba, die früher Dora hieß. Alba fühlt sich wie eine glückliche Version der kleinen Dora in Sonjas Haus.

Eine Stunde später klopft Sonja an Albas Zimmer. Gehen wir zum Strand? Alba zieht einen Pullover an und die Schuhe aus. Nichts lieber als das.

Am nächsten Tag macht Alba sich auf die Suche nach einem Dachdecker, der ein Reetdach reparieren kann und wird rasch auf Borkum fündig. Als sie Frank Peterson kurz darauf die Hand schüttelt und Fotos vom Haus zeigt, hat sie ein sehr gutes Gefühl. Nicht nur was das alte Dach der Pension Sonja in Amrum angeht. Sie bittet ihn, noch diese Woche vorbeizuschauen, um sich den Zustand des Daches vor Ort anzusehen. Dienstag am Vormittag wäre gut. Dienstags hilft Sonja im Altenpflegeheim und ist nicht zuhause.

Frank kommt, sieht sich alles gründlich an, rechnet, macht einen Kostenvoranschlag, Alba wirft einen kurzen Blick drauf, nimmt ihm den Stift aus der Hand und schreib darunter: Gesehen und einverstanden.

Sie sind der Beste, Frank, oder? Das sagen zumindest die Leute auf Borkum, meint Frank bescheiden. Gut. Wann können Sie beginnen?

Frank hat noch nie erlebt, dass ein Kunde nicht beim Preis feilschen will, Reetdächer waren eine kostspielige Angelegenheit und es gab nur mehr ganz wenige Dachdecker, die dieses Handwerk beherrschten. Diese zarte Person hatte nicht einmal mit der Wimper gezuckt bei dem 5-stelligen Preis für seine Arbeit.

Einen Tag später unternimmt Sonja mit Alba einen Ausflug ins Dorfmuseum, untergehakt spazieren sie am Strand entlang, barfuß und mit aufgekrempelten Hosenbeinen.

Sonja betrachtet Alba mit fast mütterlichem Stolz von der Seite.

Im Dorfmuseum ist eine Ausstellung vom berühmtesten Inselbewohner, Hark Nichelsen, der als Kind versklavt wurde und dann selber Sklavenschiffe durch die Weltmeere gesteuert hat und damit unermesslich reich wurde.

Alba beugt sich über eine Schwarzweißfotografie in einem Schaukasten und sieht dann zu Sonja. Sie grinst von einem Ohr zum anderen. Sonja, sieh mal! Das bist du! Du bist die Frau des reichen Sklavenhändlers.

Sonja kommt näher und betrachtet die Fotografie ebenfalls aufmerksam. Die Ähnlichkeit ist frappierend. Dann wird sie blass. Gleich daneben ist dieselbe Frau zu sehen mit einem Kind an der Hand, eher ein Teenie mit zartem Gesicht und schwarzem Pagenkopf.

Und da bist du, Alba! Alba nickt. Das Mädchen auf dem Foto sieht aus wie sie. Hark Nichelsens Frau war ihrer Zeit voraus und so voller Scham über die fragwürdige Einnahmequelle ihres Mannes, dass sie ihr Leben lang Unsummen in soziale Projekte steckte, vor allem in Schulen für Mädchen.

Ich habe immer gewusst, dass wir nicht nur einmal hier auf der Erde landen, ein Leben ist doch viel zu kurz. Würde sich der Sinn der Dinge immer augenblicklich offenbaren, was wäre das für ein langweiliges Spielfeld hier.

Sonja legt den Arm um Albas Schulter. Komm Tochter, wir geben jetzt ein kleines Vermögen beim Hafen 31 für den Fang des Tages und beim Inselbäcker Claussen aus. Ich sage nur: Matjes und Krabben bis der Arzt kommt und dann noch Friesentorte.

Alba macht Sonja die Freude und lässt sie alles bezahlen.

Am Nachmittag wandert Alba zu dem versteckten, kleinen Stall, um den sie als Kind immer herumgeschlichen war. Ihre Mutter hatte ihr damals nicht erlaubt, zu reiten. Aber da war Alba noch Dora. Es gab nun niemanden mehr, der ihr etwas nicht erlaubte oder nicht genehmigte. Vor allem sie selbst hatte damit aufgehört. Sie tritt in den Stall und

erkundigt sich nach dem nächsten Ritt zum Wattmeer.
Eine junge Frau mit dicken Zöpfen kommt auf sie zu.
Kannste reiten? Ja? Biste ´ne Wilde oder ´ne Brave?

Ich war viel zu lang brav, jetzt bin ich wild, antwortete
Alba bestimmt.
Na jut, kannste gleich mitkommen.

Eine halbe Stunde später bewegt sich eine Gruppe
von sechs Pferden und Reitern fast lautlos über den
Dünensand. Als die ersten das scheinbar endlose
Wattmeer erreichen, beginnen die Friesenhengste
aufgeregt zu schnauben. Los geht's! flüstert Alba und
wie auf Kommando galoppieren alle los, immer
schneller und schneller, das flache Meerwasser spritzt
in Albas Gesicht und verläuft mit den salzigen Tränen
zu kleinen Bächlein, die ihr über die Mundwinkel
laufen. Auch Freudentränen sind salzig. Flüssiges Salz
verbindet sich an zwei Wangen, als sich Alba eine
Woche später von Sonja verabschiedet. Sie winkt
noch lange, nachdem Albas Mietwagen nicht mehr zu
sehen ist.

Pünktlich um 9 Uhr steht Dachdeckermeister Frank
Peterson vor Sonjas Tür, mit Bleistift hinterm Ohr,
Leiter und Werkzeugkasten bewaffnet.

Sonja macht große Augen. Er käme wegen dem Dach.
Das Reetdach war längst fällig, allerdings warfen die
Einnahmen der Pension nicht genügend ab, um die
nötige Investition in das Dach abzudecken. Ein
modernes Dach kam für Sonja aber nicht in Frage.
Frank wollte nochmal alles genau vermessen und

wenn es ihr Recht war, am nächsten Tag mit der Arbeit beginnen. Wenn er schon mal da war, bitteschön meinte Sonja und dann etwas zögerlicher, was das denn kosten würde?

Jetzt musste Frank lächeln. Er verstand. Das zarte Mädchen mit den dunklen Haaren hatte das alles hinter Sonjas Rücken eingefädelt.

Äh ja. Es ist alles bezahlt.
Äh. Ja. Sonja starrt ihn an wie die Kuh das neue Tor.

Frank fragt nach Friesentee und Sonja findet ihre Fassung wieder. Ihm gefallen das traditionelle reetgedeckte Haus und seine Besitzerin. Und er freut sich darauf, jetzt für sehr lange Zeit täglich hierher kommen zu dürfen.

Später geht Sonja in Albas Gästezimmer, um das Bett abzuziehen. Es liegt ein feiner Duft in dem Raum, der Sonja an Alba erinnerte, ganz fein nach Orangenblüten. Auf Albas Kopfkissen findet Sonja einen kleinen Zettel, der vermutlich aus einem Notizbuch abgerissen worden ist.

Es ist ein schönes Gefühl zu wissen, dass Du im Trockenen sitzt, und ich auch wenn ich wieder komme. Du bist das schönste Dach über dem Kopf, das ich mir nur wünschen kann auf dieser Insel.

Bis bald

Alba

PS Frank ist der Beste...Reetdachdecker. Lass ihn einfach machen ☺

Während in Amrum der Friesentee in der Kanne dampft, betritt Alba bereits die Abflughalle des Flughafens.

Das erste Mal seit der froschgrüne Koffer und sie vor einem Jahr von Wien Schwechat aufgebrochen waren, steht sie ohne bestimmtes Ziel am Flughafen. Und mit einem gewissen Duft in der Nase, der ihr folgt. Es ist der Duft nach orientalischem Fladenbrot.

Sie geht auf die große Anzeigentafel zu und stellt ihren froschgrünen Trolley neben sich ab. Genau genommen ist er rotaugenlaubfroschgrün.

Ein Ort auf der Abfluganzeige erweckt Albas Aufmerksamkeit. Ein Ort, der alle Vokale in seinem Namen verbraucht hat und wie eine afrikanische Süßspeise klingt.

Essaouira liest Alba. Sie geht zum Schalter und kauft ein Ticket. One-way wie immer. Nach Essaouira. Wo immer das sein mag.

Ihr Zuhause hat Alba mit 16 verlassen. Auch one-way. Es fühlte sich immer wie ein Irrtum an. Nicht das Fortgehen. Alle waren befangen. Ordnung war wichtiger als Herzlichkeit. Und alles drehte sich um Alba. Alba war der einzige Klebstoff zwischen ihren Eltern. Sie hatte keine Ahnung, warum diese zwei Menschen geheiratet hatten und noch weniger, warum sie es 50 Jahre lang blieben. Gibt es eine Medaille zum Schluss? Einen Preis? Ein Lob? Stand Ein-Kind-Haushalt auf irgendeiner Checkliste? Alba wusste es nicht. Sie kam sich zuhause immer vor wie im Stummfilm. Im falschen Stummfilm. Ihre Mutter mit ihrem Hygienewahn hat alles Lebendige vertrieben. Ihr Vater war so gut wie nie zuhause. Freunde mitnehmen, ging nicht. Mutter hatte oft Migräne und brauchte Ruhe. Haustiere? Zu unhygienisch und so viel Arbeit. Reiten lernen? Zu gefährlich. Wenn sie gekonnt hätte, hätte Mama die Luft vor dem Einatmen auch desinfiziert. Keiner kann aus seiner Haut heraus. Oder? Deshalb ging Dora mit 16 Jahren fort. Ein reiner Akt der Selbstliebe. Mit einem Haufen Unverträglichkeiten und Allergien im Gepäck.

Alba zieht nach Wien, gut zwei Autostunden weg von daheim. Am 1. Advent findet sie eine kleine Wohnung, am 2. Advent adoptiert sie Fiona, ihre dreifärbige Glückskatze, am 3. Advent unterschreibt sie ihren Vertrag als Grafikerin in einem großen Medienhaus. Angestellt. Am 4. Advent sitzt sie still und selig am Sofa mit ihrer kleinen Katze auf dem Schoß und einer großen Dose Vanillekipferl.

Verwundert schaut sie in die leere Dose und tupft mit den Fingerspitzen die letzten Brösel auf. Ihre Nussallergie hat sie wohl zuhause liegen lassen.

Plötzlich hat Alba Zuhauses auf der ganzen Welt. In Wien wartet Ildiko von K, in Amrum Sonja und auf unlonely island Orla, Malu und das halbe Dorf und ihr schnuckeliges Haus mit blühendem Garten und Meerblick und in Island Jackpot. Wenn an einem Ort jemand auf dich wartet, dann ist das ein Zuhause.

Ist es minimalistisch, zwei Häuser zu haben? Die Einrichtung zumindest war es. Nur schöne

Notwendigkeiten, nichts Überflüssiges. In ihrem kleinen Steinhaus in St. Maria hat Alba genau zwei Töpfe und eine Pfanne in der Küche. Und vier Müslischüsseln und eine Kuchenbackform sowie zwanzig große bunte Teller. Die Töpfe hat Malus Tante mitgebracht.

Alba denkt über das Haus in Wien nach. Sie hat es gekauft, weil sie Ruhe wollte. Als sie dort einzog, bekam sie einen befristeten Mietvertrag auf drei Jahre. Das ist einerseits lang, andererseits vielleicht gerade sehr unpassend. Irgendwie passt es nie zum Leben. Etwas Längerfristiges ist in dieser Stadt nicht mehr zu bekommen. Die Gier ist groß. Jedes Mal, wenn jemand auszieht, wird die Miete erhöht. Jederzeit kann der Eigentümer kommen und Eigenbedarf anmelden. Alba möchte nicht ihr Leben lang am gleichen Ort sein, darum geht es nicht. Aber Alba möchte den Zeitpunkt selber bestimmen, an dem sie ihren froschgrünen Koffer packt. Die Eigentümerin des Zinshauses hatte überraschend schnell in das Kaufanbot des Maklers eingewilligt. Alba vermutet, dass sie gar keine Menschen mag, das halbe Haus stand immer leer. Alles andere als ein fröhlicher Ort.

Alba überlegt, was sie mit dem Haus anfangen soll. Sie will es nicht halbleer und ungenutzt lassen. Entweder würde sie es wieder verkaufen oder mit besonderen Menschen füllen. Mal sehen...

In Essaouira wartet niemand. Keiner kennt Alba hier. Und Alba kennt auch niemanden. Was für ein ... aufregendes Gefühl! Die Vorstellung, dass es eines

Tages keinen Fleck auf der Erde mehr gibt, den wir nicht kennen, ist erschreckend.

Weil es dann keinen Flecken mehr gibt ohne leere Plastikflaschen.

Für Alba war jeder Ort, an den sie bisher gereist war, wie eine weiße unbeschriebene Seite in ihrem Notizbuch.

Diesmal ist es anders. Alba verlässt den Flughafen mit ihrem Froschkoffer und warmer Wüstenwind bläst ihr ins Gesicht. Und das ebenso warme Gefühl an einem vertrauten Ort angekommen zu sein. Er war neu, aber nicht fremd. Alba wandert los, Richtung Medina. Sie will sich im Zentrum eine Übernachtungsmöglichkeit suchen.

Alba wurde als Teenie so oft auf Französisch angesprochen, dass sie mit 23 beschloss, diese Sprache zu lernen. Es liegt an deinem Pagenkopf und weil du so dünn bist, hat eine Arbeitskollegin immer gesagt, wie Audrey Tautou in der wunderbaren Welt der Amelie.

Der warme Wind von Essaouira spricht auch Französisch und Berbersprachen und Jüdisch und Arabisch und riecht nach Tahine, Kamelhaar, Orangenblüten und... Biohotel.

Plötzlich verstummt das Rollenrattern auf Pflasterstein, Alba hält vor einem Schild, auf dem steht:

Hamam und Biohotel Lalla Mira. Beides Wörter, die Alba gefallen.

Die Besitzerin heißt Felicitas und kommt aus Deutschland, ihre Köchinnen sind Marokkanerinnen und fragen die Gäste jeden Morgen, was sie essen möchten. Meistens marokkanisch, gefüllte Sardinen, Tahine, Kuskus, Fladenbrot.

Alba dringt ein intensiver verführerischer Duft in die Nase, sie will sich durch ganz Essaouira kosten. Felicitas, die Hotelbetreiberin empfiehlt ihr einen persönlichen Guide. Das ist sicherer für dich und es führt dich zu den echten Kochtöpfen des Landes. Ich kenne da jemanden.

Am nächsten Morgen wartet er bereits im Patio des Hotels.

Ein junger Mann mit überraschend hellen Augen, etwas längerem schwarzen Haar, wachem Gesicht mit einem rebellischen Ausdruck – sympathisch rebellisch. Eher mutig, entschlossen. Abgeklärt. Alte Seele. Sie sehen sich an. Alba hat das seltsame Gefühl, als sei nur eine Person in diesem Raum anwesend....

Ich bin Alba, hallo.

Und ich bin Anouar, hallo.

Ein Mann mit vier Vokalen. Der Name gefällt ihr. Sonst kein Smalltalk. Sie reichen sich die Hand. Beide grinsen.

Bist du bereit? Können wir los?
Ich bin bereit, sagt Alba.

Sie schlendern durch den Souk, verlassen die Stadt, wandern Richtung Strand. Zwei Pferde stehen angebunden im Schatten und daneben zwei Motorscooter. Alba streichelt über das grauweiße Fell von Oskar, Anouars Pferd. Das andere ist eine weiße Araberstute und gehört seinem Vater.

Kannst du reiten?
Alba nickt.
Zeig es mir.

Alba streichelt Oskars Hals und will schon aufsteigen.

Nicht Oskar. Der lässt nur mich rauf. Mein Vater hat es versucht, mein Bruder. Oskar steht da wie eine Statue oder geht nur rückwärts. Anouar stupst Oskar zärtlich an. Sturer Esel. Wie ich.

Nimm Sita.

Alba grinst ihn an.

Sie krault Oskar den Hals, fährt langsam mit der Hand über seinen Mähnenkamm, greift sich den Zügel und schwingt sich auf den Pferderücken.
Oskars Ohren richten sich auf, Alba presst ihre Waden gleichzeitig an den Pferdebauch und das Pferd prescht los. Anouar sieht sein Pferd von hinten und eine Staubwolke aus der ein lautes Jippieeeeeeeeeeeeeeeeeeeeeeeeee tönt.

Sie ist wie ich. Nur Mädchen. Sogar das Pferd merkt das.

Anouar grinst breit, schnappt sich seinen Rucksack mit Wasserflasche, Fladenbrot und frischen Datteln. Er schwingt sich auf die weiße Araberstute seines Vaters und treibt sie kräftig an.

Der Strand von Essaouira ist hundert Kilometer lang, wenn man in die richtige Richtung reitet.

Alba und Anouar reiten in die richtige Richtung. Im Galopp.

Zwei Stunden später kommen sie in Sidi Kaouki an. Verschwitzt, sandig, glücklich und hungrig. Anouars Tante steht im Garten ihres hübschen Hauses und breitet die Arme aus. Anouars Neffen kommen angerannt und nehmen den beiden die Pferde ab.

Irgendetwas schmort im Holzofen.

Alba nimmt sich vor, nach dem Essen in ihr Notizbuch zu schreiben.

> *Glücklich und hungrig.*
> *Man kann wunderbar beides gleichzeitig sein.*

Essen ist fertig. Ihr beiden kommt genau richtig. Alle nehmen auf bunten Berberteppichen Platz und Alissa serviert einen noch bunteren Kichererbsen Eintopf. Dazu reicht sie das Fladenbrot, dass sie im Holzofen gebacken hat.

Alba schließt die Augen. Ihr Geschmacksinn und Geruchsinn öffnen die Augen, um jedes Gewürz zu erspüren und das Aroma von warmen Getreide zu erleben.

Alba hält die Nase an die warme Brotflade.

Alissa beobachtet Alba aufmerksam.
Morgen zeige ich dir, wie man Fladenbrot bäckt.

Anouar, der neben Alba am Boden sitzt, nickt euphorisch, er liebt das Essen seiner Tante und seine Tante liebt ihn.

Sehr gern. Alba ist assimiliert. Als hätte Anouar seinen Zwilling unterwegs aufgelesen und mitgebracht. Keiner hat Fragen. Religion, Sprache, wo kommst du her, wo gehst du hin? Was arbeitest du? Wie alt bist du? Unnütze Fragen, deren Antworten nichts beweisen. Schmeckt es Dir? Das ist eine essentielle Frage!

Alissa blickt wissend von Alba zu Anouar und wieder zurück.
Deux d´une sorte.

Es ist Nacht geworden aber nicht viel kühler.
Alba hat nichts bei sich außer der kurzen Hose und dem T-Shirt, das sie anhat und den bunten Leinenponcho.

Sie steigen über eine schmale Treppe auf das Flachdach des Hauses, breiten zwei Berberteppiche aus und zwei Wolldecken und legen sich zum Schlafen hin. 1000000000 Sterne und ein Schaf das blökt, sonst nichts. Himmelszelt.

Es ist nicht üblich in Marokko, dass weiblich Gäste im selben Raum übernachten wie männliche. Alissa hegt die Hoffnung, dass etwas mehr zwischen den beiden keimt, als Freundschaft. Sie weiß, dass Anouar in eine Berberfrau verliebt ist, die ein uneheliches Kind hat. Das ist ein großes Tabu. Sie beobachtet Anouars Verliebtheit mit Sorge. Es wird der Familie nur Kummer bereiten.

Als Alba am Morgen vom Dach steigt, ist Tante Alissa gerade dabei, den Holzofen einzuheizen. Es war noch Glut von gestern da. Ein Feuer anzünden ist einfach, wenn der Untergrund glüht.

Alissa sitzt auf einem Schemel und deutet Alba sich zu ihr zu setzen. Sie gibt ihr Teig in die Hand und zeigt ihr, wie sie ihn kneten und dann flachdrücken muss.

Sie schieben die Fladen in den Backofen, dann schneiden sie sie auf und füllen sie mit Ziegenkäse und Petersilie.

Anouar wird von dem Duft seiner Kindheit angelockt und hüpft erwartungsvoll neben dem Offen auf und ab? Sind die Fladen fertig? Alba reicht ihm eine und beißt selbst in das warme gefüllte Fladenbrot. Beide schließen die die Augen. Wie Synchronmenschen. Dieses warme duftende Brot, das vor tausend Jahren auf dieselbe Art und Weise zubereitet wurde wie heute, füttert ihre Seele noch mehr als ihren Magen. Mehl, Wasser, Salz, Ziegenkäse und Petersilie. Davon kann ich leben. Lange.
Merci, Alissa. Danke für dieses köstliche Brot.

Reviens Alba. Komm wieder. Alissa sagt es mit Nachdruck. So als würde sie ahnen, dass Alba ein fehlender Teil ist. Der Teil, der den Kreis schließt.

Wann immer du möchtest. Komm einfach.
Es ist hier immer Platz für dich.
Alba nickt stumm. Ihr Mund und ihr Herz sind voll.

Als Alba noch Dora war, kannte sie dieses Gefühl nicht. Genommen werden, so wie sie war. Ohne

Erwartungen. Ohne Bewertungen. Ohne Druck. Ohne Bedingung.

Als hätte sich der Storch in der Adresse geirrt. Aber so ist es nicht. Du bist immer am einzig richtigen Ort. Du hast ihn ausgesucht. Versuche dich zu erinnern, warum.

Dora ist nicht Alba. Und dafür ist Alba Dora dankbar. Denn schlussendlich hat Dora ihren freien Willen durchgesetzt.

Alba hat Heimaten. Seit sie ein Zuhause in sich selbst gefunden hat, trifft sie plötzlich auf der ganzen Welt ihre Familienmitglieder. Unsere Seelen tragen einen Rucksack mit, sind Kosmopoliten, Globetrotter, Tramper, Reisende. Manche haben auch immer ihren Fallschirm dabei...und Alba einen grünen Koffer.

Two of a kind

Alba und Anouar brechen auf, versorgt mit Wasser, Fladenbrot für den Weg, frischen Feigen und ofenwarmen Umarmungen.

Anouar will Alba das Berberdorf in den Felsen am Rande der Wüste zeigen. Das Dorf ist einen halben Tagesritt entfernt. In der Abenddämmerung kommen sie an ihrem Ziel an. Anouar und seine Begleiterin werden freudig begrüßt, er bringt oft Reisende hierher, die ein, zwei Tage bei den Berbern leben wollen. Anouar stellt Alba als seine Schwester aus Österreich vor. Seelenschwester.

Sie übernachten in einer Felsenwohnung, doch Alba ist nicht müde. Alba und Anouar gehen den Hügel hinauf und setzten sich an den Rand eines Felsens und lassen Beine und Seele baumeln.

Ein samtschwarzer Himmel bestickt mit tausenden Diamanten spannt sich über sie und reicht bis zum Boden. Der Mond hängt wie ein Korb in der Luft, um fallende Sterne aufzufangen.

Sind wir die einzigen im Universum? Fragt Alba. Unmöglich! Anouar ist sich da ganz sicher.

Ich heiße sie auf jeden Fall freundlich willkommen, wenn sie bei uns landen, unsere Brüder und Schwestern von fernen Galaxien.

Eine Sternschnuppe fällt in das Mondkörbchen.

Ich hoffe, sie sind schon ein bisschen weiter als wir. Ohne Krieg und ohne Tiere zu essen. Alba stimmt dieses Thema sehr traurig.

Sind sie bestimmt, ist sich Anouar sicher. Er isst auch kein Fleisch. Wie Alba.

Ich esse meine Freunde nicht.
Alba lächelt ihn an. Fische esse ich schon. Manchmal.

Wir sind Brüder, sagt Anouar.

Ja Bruder und Schwester, sagt Alba. Und wir haben bestimmt noch mehr Verwandte da oben.

Wie werden wir sie begrüßen unsere außerirdischen Freunde?

So. Anouar zeigt Alba wie ein *Dab* geht.

Und Alba spreizt die Finger zum Klingonengruß. Peace and a long life. Wir servieren ihnen Tante Alissas Fladenbrot. Das ist Liebe und Gastfreundschaft in Brotform.

Meine Katze und ich verstehen uns, ich spreche Menschensprache und sie Katzensprache. Ich weiß immer, was sie will. Wir werden die außerirdischen Gäste auch verstehen. So wie wir zwei uns verstehen. Obwohl du ein Mann bist und ich nicht.

Wir zwei sind aber irgendwie nicht zwei sondern zwei Teile von einem Ganzen. Anouar spricht es aus, als wäre ihm die Erkenntnis gerade wie ein Stern auf den Kopf gefallen. Wir kennen uns schon immer, oder? Alba, bitte nicht lachen. Wenn wir beide wo sind, in einem Raum, an einem Ort. Das ist so, als wäre nur eine Person... anwesend.

Alba bekommt Gänsehaut.

So ist es. Als wären sie eine Seele in zwei Köpern. Es ist nie anstrengend oder langweilig. Und beide können plötzlich hellsehen. Was der andere denkt oder sagt, ist nie eine Überraschung. Schulter an Schulter sitzen sie am Berg und schweigen einen Augenblick.

Wirst Du mich vermissen?
Nein. Sagt Alba. Jetzt lacht sie wieder.
Mir hat immer etwas gefehlt. Immer. Jetzt weiß ich, dass du existierst. Anouar sieht Alba an. Sie haben dieselben Augen.

Und ich weiß, wo du wohnst, sagt Alba und sie lachen.

Alba denkt an ihr Pferd Checkpot und die grüne Antithese von Essaouira: Island. Eines Tages reisen wir nach Island, Anouar. Ins unendliche Grün und dann reitest du auf meinem Pferd Jackpot. Das ist ganz einfach. Mit einem Isländer musst du eigentlich gar nicht richtig reiten können. Alba grinst. Anouar spielt den Erleichterten.

Anouar möchte das sehr gern. Er hat Marokko noch nie verlassen. Bis jetzt. Zumindest glaubt er das. Er wird daran zweifeln, wenn er in Reykjavik aus dem Flugzeug steigt und die würzige isländische Luft einatmet und mit Alba zur Küste im Norden reiten wird und sagen wird, hier war ich schon einmal.

Genau das wird nämlich passieren.

Es ist ein Fehler zu glauben, man ist Marokkaner, weil man in Marokko geboren ist, oder Österreicherin, weil man dort geboren ist. Das ist nur Papierkram und dafür interessieren sich kosmopolitische Seelen nicht.

Alba schreibt in ihr Buch:

> *Familie ist nicht gleich Verwandtschaft, und Religion und Sprache und Bildung sind Dinge im Außen.*
>
> *Im Innen brauchen wir das alles nicht.*

Anouar erzählt seiner Schwester Alba von der Frau, die er liebt. Alba weiß längst von ihr. Sie ist ein Berbermädchen mit unglaublich schönen hellen Augen.

Sie ist ein paar Jahre älter als er und sie hat ein Kind.
Ein Tabuthema in Marokko. Der Mann, der ihr die Ehe
versprochen hat, ist einfach eines Tages nicht mehr
gekommen. Da wuchs aber schon das Kind unter
ihrem Herzen. Anouar liebt sie. Und er liebt ihr Kind.
Für ihn ist sie ohne Makel und für sein Herz ist sie die
Einzige.

Alba, was soll ich tun?
Bitte sie, deine Frau zu werden.

Anouar zögert.

Liebst du sie?

Ja, das tue ich. Wenn wir uns ansehen, macht mein
Herz
jedes Mal kleine Hüpfer.
Dann wirst du sie heiraten.
Ich habe noch nicht genug Geld gespart. Ihre Eltern
haben sie verstoßen. Und meine werden nicht
begeistert sein. Wir sind auf uns allein gestellt.

Alba will sich nicht vorstellen, wie es einer Frau mit
einem unehelichen Kind in dieser Gesellschaft geht.
Unmenschlich. Alba fragt Anouar noch einmal.
Liebst du sie?
Ja. Und ich will sie immer zum Lachen bringen, wir
haben denselben Humor. Wenn sie traurig ist, dann
bin ich es auch. Und wenn sie lacht, dann fliegt mein
Herz. Ist das genug Alba, reicht das aus?
Ist alles leicht, wenn ihr zusammen seid?
Ja. Alles ist einfach. Und schön.
Das ist genug.

Aber man braucht Geld um in Marokko zu heiraten. Ganz gleich, ob man die Frau liebt oder ob die Familie sie ausgewählt hat.

Der marokkanische Himmel leuchtet wie eine geschmückte Braut im diamantbestickten Hochzeitskleid hoch über dem Berberdorf, in dem Alba mit Anouar auf einem Hügel sitzt.

Alba sieht Anouar an. Wir sind Bruder und Schwester. Richtig? Richtig!

Anouars Augen leuchten. Ich fühle genauso. Als hätte meine Tante aus einem Teig zwei Brote geformt. Alba und Anouar.

Anouar, da du mein Bruder bist, bist du reich.
Ja Alba, das bin ich. Reich an Ideen. Und niemand besitzt so viele goldene Sandkörner wie ich. Bald will ich mein eigenes Unternehmen haben, meine eignen Pferde, dafür spare ich meinen ganzen Lohn. Und ich will vielen Menschen mein schönes Land zeigen.

Mach das, sagt Alba. Mach alles, damit du frei bist. Ein freier Mensch, der tun kann, was er liebt. Und was du gut kannst, was dir leicht fällt. Mach das, Anouar. Ich bitte dich darum.

Als Alba und Anouar zurück nach Essaouira kommen, steht sein Vater mit offenem Mund da und deutet auf Oskar und Alba und kratzt sich am Kopf. Wie hat sie das geschafft? Was hat sie mit deinem Pferd gemacht? Diese... Frau! Und wieso sieht sie aus wie Anouar?

Anouar springt lässig von seiner Stute ab.

Wir sind aus demselben Teig gebacken, beantwortet er den fragenden Blick seines Vaters. Alba steigt ab und grüßt freundlich. Alba wirkt auf viele Menschen wie ein Kind. Sein tut sie eine mutige Frau. Eine freie Frau. Eine seltene Rose. Alba maxima.

Am nächsten Tag bringt Anouar Alba zum Flughafen. Sie umarmen sich wortlos. Alba drückt Anouar einen altmodischen Lederbeutel in die Hand, wie man ihn in den Souks kaufen kann. Er ist schwer. Voller Goldmünzen. Echtes Geld. Bekommt man nicht oft zu sehen. Der Gesichtsausdruck Anouars ist jeden Taler wert.

Sie nützt seine Sprachlosigkeit um ihm einen Auftrag zu erteilen.

Anouar, du musst etwas tun. Geh zu der Frau, die du immer lächeln sehen willst und bitte sie, dich zu heiraten. Geh zu deiner Berberrose. Kauf ihr einen Ring. Als Zeichen deiner aufrichtigen Liebe. Ich bitte dich als deine Schwester, deinem Herz zu folgen. Das ist deine Aufgabe in deinem Leben. Anouar sieht zu Boden. Jetzt wirkt er wie ein Kind. Wie der sandige kleine Wüstenbruder, der er für sie ist. Er umarmt Alba und nickt, nickt, nickt. Und mach deine Firma auf. Kauf eigene Pferde und mach deine Touren. Zeig dein schönes Land her und das Fladenbrot deiner Tante Alissa. Das macht die Leute gesund.

Alba geht die Gangway hoch. Mit ihrem froschgrünen kleinen Rollenkoffer.

Komm zu meiner Hochzeit, ruft Anouar.

Hoffentlich sagt sie ja! Bemühe Dich!! Alba lacht und winkt. Dann verschwindet sie in der Menschenschlange auf der Rolltreppe.

New York

Hallo? Hallo?
Alba schlägt die Augen auf und blickt in schwarze Augen in einem schokoladenbraunen Gesicht. Sie hat Hunger.

Alba ist von Essaouira nach New York geflogen - ein Katzensprung für eine sehr große Katze - hat ein Taxi in den Washington Square Park genommen, sich auf die Wiese unter einem Baum gelegt, ihre Schuhe ausgezogen und ist eingeschlafen.

Hallo? Young Lady? Is everything alright?

Das Gesicht, das sich über Alba beugt ist jung und bunt, sowie das Gemälde, das neben dem jungen Mann lehnt. Folge Deinem Herzen, sagt Alba im Halbschlaf.

Alba setzt sich auf und betrachtet das Bild. Es zeigt das letzte Abendmahl mit lauter verschiedenen Ethnizitäten. Die Jünger sind rothaarige Schwarze, blonde Asiaten, Sommersprossige Inuit, Weiße mit Afrofrisur, Geschlecht nicht eindeutig. Eine Person sieht aus wie Albas Freundin Orla. Geschlecht wechselhaft. Geschlecht weninteressierts?

Das Bild ist wie sein Schöpfer, kraftvoll, bunt, überraschend und aufgeweckt. Es gefällt Alba sehr.

Hast du das gemalt?
Ja. Gefällt es dir? Ich hab noch mehr. Gleichzeitig knurren Albas und Sams Magen.

Sie lachen.
Zuerst besorg ich uns etwas zu essen. Du hast bestimmt ewig nichts gegessen.

Der junge Maler streckt Alba die Hand hin, um ihr beim Aufstehen zu helfen.

Ich bin Sam.

Ich bin Alba. Hallo Sam!

Ist das dein Koffer? Alba nickt. Ihr Koffer steht tatsächlich noch an derselben Stelle, wo sie in stehengelassen hat. In New York. Im Washington Square Park. Neben einer Bank.

Sam schnappt sich den Koffer und Alba folgt ihm und seinem Bild hinaus aus dem Park. Drei Blocks weiter, betreten sie ein kleines Diner.
Hier gibt es leckeres veganes Zeug und sie haben bis 2 Uhr offen für so Nachteulen wie mich und dich.

10 Minuten später sitzt Alba vor dem besten Veggieburger mit Humus und Falafel, den sie je gegessen hat.

Es ist Mitternacht, als sie bei Sams Appartement ankommen. Welcome to my place. Alba steht in einem ungefähr 200 Quadratmeter großen Raum, an allen Wänden stehen großformatige Ölbilder in Zweierreihe. Es riecht nach Farbe, nach Kaffee und nach New Yorker Nachtluft.

Wo verkaufst du sie?
Ich mache Zufallsverkäufe. Hin und wieder. Ich könnte jetzt sagen, sie sind noch nicht perfekt. Sind sie aber. Wenn ich eins beende, ändere ich nichts mehr.

Ich leb nicht davon, ich habe eine Bar.

Sam sieht Alba an, Alba sieht Sams Bilder an. Beide tun das sehr aufmerksam.

Sie setzen sich auf die große alte Ledercouch.
Die Leichtigkeit geht verloren, wenn ich vom Malen leben muss, sagt Sam. Das versteht Alba.
Hin und wieder nehme ich eines mit in den Club. Da gehen wir morgen hin. Du wirst es lieben.

Bei Sam ist alles leicht. Alles einfach. Sam fließt. Und Albas Worte auch. Sie erzählt seinen aufmerksamen Augen davon, wie sie von Dora zu Alba wurde, zur Minimalistin, zur Reisenden, zur Wandernden, zur Isländerin, zur Schwimmerin, zur Schwester, zu einem Mädchen das, drei Tage durchschläft, das tagelang kein Wort spricht, das viele tausende Seidenraupen besitzt, und zu dem Mädchen, das einfach nur ein- und ausatmet. Zu dem Menschen, dem alles Lebendige heilig ist. Wie sie frei wurde und zur Muse. Von den Menschen, die nie gefragt haben, wer sie ist oder woher sie kommt und trotzdem ihre Freunde geworden sind.

Sam hört zu, lacht und staunt mit Alba, freut sich mit Alba und erzählt dann Alba seine Geschichte.

Sam geht in die Küche um etwas zu knabbern und Wein zu holen. Als er zurückkommt ist Alba eingerollt wie ein Lemurenkind eingeschlafen.

Ein vertrauter Duft von Kaffee aus dem Espressokocher weckt die Lemure mit dem Pagenkopf zehn Stunden später.

Alba, wie geht es dir? Woher kommst du? Wer bist du? Sam grinst breit.

Ihr wollt mehr über mich wissen?
Ganz ehrlich, was bis jetzt war im Leben, spielt heute keine Rolle.

Ich bin der Mensch, der dich bittet, deinem Herzen zu folgen. Der bin ich. Diese Alba bin ich. Mehr gibt es nicht zu sagen.

Der Kaffeeduft beamt Alba aus dem Alphazustand des Aufwachens in den sonnigen New Yorker Morgen in Sams Appartement.

Folge Deinem Herz. Das hast du gestern auch gesagt, als ich dich im Park gefunden habe. Bist Du ein Guru? Hast du eine Sekte? Beide lachen ausgelassen. Sam schnappt einen Pinsel und malt Alba ein Herz auf den Rücken.

So, jetzt kann ich besser dem Herz folgen. Dann springt er auf und stellt sich vor eine leere Leinwand.

Deine Bilder sind so ...lebendig. Es ist, als wären alle diese Personen hier im Raum. Es ist, als würdest du sie alle kennen.

Tu ich. Ich kenne sie alle.

Alba folgt Sam zu seiner großen weißen Leinwand und Sam drückt ihr einen Pinsel in die Hand. Fang mit deiner Lieblingsfarbe an und denkt nicht nach.

Alba tunkt den riesigen Malerpinsel in einen Kübel voller Farbe, schließt die Augen und bringt Farbe in den Tag. Sie öffnet die Augen wieder und betrachtet ihr Werk. Ihr gelbes Bild. 4m2 Gelb. Sam ist sehr zufrieden.

Heute lernst du meine Familie kennen.

Wir gehen in den U21 Club. Mein Club. Das wird dir gefallen. Lauter crazy Künstler, Musiker, Maler, Poetry Slammer. Mein zweites Zuhause und meine Family.

Mein zweites Zuhause. Albas Herz dehnt sich aus. Sie hat hier etwas zu tun. Alba hat eine Ahnung...

Albas Aufgabe

Der Club ist in einer großen ehemaligen Backsteinfabrik untergebracht, ein paar Blocks von Sams Apartment entfernt in Tribeca.

Eine große Bar, ein Haufen alte Ledersofas und Vintagemöbel, unverputzte Wände, riesige Bilder an der Wand, eine kleine Bühne mit einem Mikrofon und einem Stuhl, von einem weichen Spot angestrahlt, im Hintergrund ein Schlagzeug und ein paar andere Instrumente. Der Sound vom Vortag schwingt noch in der Luft.

Alba nimmt an der Bar Platz. Sam mixt geschickt verschiedene Zutaten und stellt dann einen Drink vor Alba hin. Der Drink hat dieselbe Farbe wie das Bild, das Alba in der Früh gemalt hat. Sonnengelb. Das ist flüssige Sonne. Das passt zu dir.

Alles so leicht mit Sam. Nicht einmal überlegen muss man, was für einen Drink man möchte. Sam zählt Alba die Künstler auf, die heute Abend auftreten werden. Da ist ein junger Poetryslammer, der schon einen Haufen Follower auf Youtube hat, dann Helene, eine Sängerin vom Saxophon begleitet, sie kommt aus Österreich und ihre Jazzstimme ist der Wahnsinn, meint Sam. Nils hat sie hergeholt. Und Sams Abendmahlbild stellt er heute vor. Und eine junge Autorin, die ihre erste Novelle präsentiert. Sie handelt von einer Frau, die im Lotto gewinnt und dann Minimalistin wird. Ihre Sprache ist etwas ganz besonderes, ich glaube, wir werden noch viel von ihr hören. Es wäre nicht der erste NY Times Bestseller, der in meiner Bar sein Debut feiert.

Warum heißt dein Club U21? Alba nimmt einen Schluck von der flüssigen Sonne.

Wir alle haben schon vor 21 beschlossen, kompromisslos unsere Kunst zu leben und der Versuchung widerstanden einen *9 to 5* Job zu machen oder die Berufswünsche unserer Eltern zu erfüllen. Und wir versuchen hier einfach, uns gegenseitig weiterzubringen und zu helfen. Manchmal einfach mit einem Platz zum Übernachten, über dem Club ist ein Loft, ähnlich wie meines, da wohnen immer wieder vorübergehend Musiker und Autoren, ich koche für sie, wenn jemand pleite ist, verkauf ich ein Bild und es geht weiter.

Wir wollen unsere Kunst machen. Ohne Widerrede. Hin und wieder kommen Galeristen hierher und Musikagenten, Club U21 ist ein Geheimtipp. Und Sonja ist die nächste NY Times Bestseller Autorin. Ich stell sie dir vor, sie wird heute lesen.

Langsam füllt sich der Club, ein grauhaariger Mann, der eben noch an der Bar stand, geht zur Bühne und schnappt sich die Trompete. Jemand sitzt bereits am Schlagzeug. Die ersten Töne einer sehr bekannten Melodie verwandeln die Luft in Seide. I will survive...

Das kenn ich, ruft Alba begeistert, das ist die Jazzversion von Nils Landgren.
Sam deutet zu dem Mann, der mit geschlossenen Augen seine Trompete spielt. Das ist Nils Landgren. Welcome in New York, Alba.

I've got all my life to live
And I've got all my love to give and I'll survive.
Sam singt mit und Alba hört zu.
Dein Wort wird war sagt sie zu Sam und lächelt.

Sam poliert Gläser hinter der Bar. Ich habe die leerstehende Fabrik vor fünf Jahren entdeckt und belebt. Es ist unsere Homebase. Ich hänge nicht an vielen Dingen, aber an diesem Ort hänge ich. Und an meiner Family of Choice. Was mir ein bisschen Sorgen macht, sobald sich in einem New Yorker Viertel Künstler ansiedeln, kommen die Investoren hinterher und kaufen alles auf und machen teure Wohnungen daraus. Gentrifizierung nennt man das. Dann wird es für uns unleistbar und wir ziehen weiter.

Mittlerweile steht der dritte Drink vor Alba und Nils Landgren neben ihr an der Bar, Sonja Woolf erntet Applaus für ihre Novelle und Nils spielt für Alba einen Song. *Fragile*. Sam hat irgendwo hinter der Bar Rasseln hervorgeholt und ein Tamburin und verteilt sie an ein paar Gäste. Alba steht ganz langsam auf und geht wie hypnotisiert auf die Bühne zu. Nils nickt ihr aufmunternd zu.

Alba stellt sich hinters Mikrofon...

Perhaps this final act was meant
To clinch a lifetime's argument
That nothing comes from violence and nothing ever could
For all those born beneath an angry star
Less we forget how fragile we are

On and on the rain will fall
Like tears from a star like tears from a star
On and on the rain will say
How fragile we are how fragile we are

Unter großem Applaus und Gejohle verbeugt sich Alba und setzt sich wieder an ihren Platz an der Bar. Das jahrelange Stimmtraining unter der Dusche hat sich bezahlt gemacht.

Sam, wir kaufen das Haus morgen.
Sam lacht und prostet Alba zu.
Und ich benenne diesen Drink nach dir, Alba.
Sam, du wolltest wissen, wer ich bin.

Ich bin die Muse, die dir und deiner Künstlercrew einen fetten Musenkuss auf den Mund drückt. Mit Zunge. Alba demonstriert auf Sams riesigen schokobraunen Lippen, wie sie das meint. In Albas Cocktail war mehr als nur Sonnenschein.

In der nächsten Woche regelt Alba die Formalitäten für den Hauskauf, in Amerika geht das zackzack, vor allem wenn man die gesamte Kaufsumme auf einmal auf den Tisch legt. Alba geht zu der Vertragsunterzeichnung mit Sam, in Shorts und T-Shirt. Wie immer.

Alba gründet mit Sam die U21 Stiftung und beschließt, eine Online-Galerie für U21 Künstler zu machen. Das ist Albas Idee.

Der Abend im U21 endet erst am Morgen. Wieder auf Sams Sofa. Nils ist da, Sonja, die Musiker, und Alba. Diesmal ist Alba hellwach.

Die Runde hat bei schwarzem heißem Kaffee aus dem Espressokocher realisiert, das Alba wörtlich meint, was sie sagt. Wer würde schon Witze machen übers Häuserkaufen in Tribeca? Alba wünscht sich viele Ausstellungen und Lesungen. Das ist alles. Und ein paar Bilder für ihr kleines Steinhaus auf St. Maria. Und das sich alle in einem Jahr wiedersehen und feiern.

Alba ist jetzt seit genau einem Jahr Alba.

Und reich. Sehr reich. Reich an Ideen und reich an Geld. Geld ist ein gutes Gleitmittel für Ideen. Ihre eigenen und andere. Alles was Alba in diesem Jahr gemacht hat, ist aus Liebe gemacht. Liebe ist eine kluge Investition. Sie wird mehr und mehr und mehr...

Es müssen mehr Menschen wie Alba viel Geld haben. Das macht die Welt schöner. In den richtigen Händen ist Geld der Zauberstab für eine schöne und schönere Welt.

Sam ist still. Die anderen sind es auch. Alba hat dasselbe T-Shirt an wie gestern. Das Shirt ist nichts Besonderes, aber sie ist es. Alba hat eine alte Backsteinfabrik gekauft und eine Stiftung gegründet. In demselben T-Shirt, in dem Sam sie schlafend im Washington Square Park aufgesammelt hat. Sie hat es gestern Nachmittag gewaschen und in die Sonne gehängt. Das geht. Alba denkt nicht viel darüber nach. Das nennt man Freiheit.

Alba hat das Allerkostbarste im Leben. Sie ist frei. Sie ist frei. Sie ist frei. Sie will, dass Sam und seine Freunde auch frei sind für ihre Kunst. Einfach frei sein.

Call it magic... Albas Augen lächeln.

Nils beginnt auf seiner Trompete zu spielen. Die anderen schnipsen, klopfen und klatschen den Rhythmus mit. Das ist für dich, Alba. Alba schließt ihre Augen und bewegt ihre Schulten zur Melodie. Magic von Coldplay.
Call it magic, call it true
I call it magic when I'm with you...

Alles ist leicht.
Es darf alles leicht gehen. Erfolg fliegt zur Freude wie Motten zum Licht.

So leicht wie Albas froschgrüner Koffer über Asphalt rollt, so leicht wie die Töne aus Nils Trompete und so leicht und schnell wie Sonnenstrahlen, die durch Sams große Glasfenster auf bunte fröhliche Bilder strahlen. Jeden Morgen.

Alba fährt nach Wien

Es ist die lebenswerteste Stadt der Welt, sagt man.

Oder die Stadt mit den höchsten Gartenzäunen? Die Menschen haben zwischen ihren Wohnungen und Häusern die Leichtigkeit verloren. Sie haben alle Angst, dass ihnen wer was wegnimmt oder ins Wohnzimmer schaut. Sie haben alle Angst, dass sie zu wenig bekommen oder andere mehr haben. So viele Supermärkte, so viele Mülleimer, so viele leere Wohnungen. So empfindet Alba.

Alba fühlt sich erschlagen. Nach einem Tag in ihrer Wohnung muss sie wieder weg. Sie will raus.

Ins Waldviertel. Mit einem froschgrünen Carsharing Mini düst sie Richtung Norden. Im tiefen Waldviertel findet gerade ein Kulturfestival statt, auf der Burg Heidenreichstein. Ein Waldviertler Autor mit dunklen lockigen Haaren, liest aus seinem neuen Buch vor. Als wäre er nur kurz aus dem Auenland herübergebeamt worden...

Alba lauscht konzentriert. Es fühlt sich an, als hätte er manche Sätze nur für sie geschrieben. Es geht um Jenische, fahrende Menschen, denen man unter der Naziherrschaft das Freisein verboten hat und das Reisen. Alba hat Gänsehaut. Thomas heißt der Autor,

Alba lernt in nach der Lesung kennen. Sie kauft das Buch. Sie erfährt von seinem Förderprojekt für junge begabte Autorinnen, denen er dabei helfen möchte, ein Jahr ohne Sorgen zu schreiben. Frei nach Virginia Woolf. A room for one´s own.... Alba kennt das Buch. Sie hat es als 14 -jährige verschlungen. *Orlando* von Virginia Woolf auch, unfassbar moderne Geschichte über das Mann sein, Frau sein unsterblich sein.

Eine Frau mit wilden roten Locken und langem sonnengelben Kaftan begrüßt den Autor und wendet sich dann sofort Alba zu. Zwei wasserblaue Augen betrachten Alba eingehend.

Das ist Angelika und das ist Alba, stellt Thomas die beiden einander vor.

Alba! Ich weiß nicht wie offen du da bist, aber ich riskiere es. Glaubst du daran, dass wir als Seelen wiederkommen? Der Gedanke daran löste in Alba ein Gefühl großer Entspannung und gleichzeitig Neugierde aus, alles was sie wollte, war unmöglich in einem Leben unterzubringen.
Wenn nicht, macht auch nix, fuhr die schöne gelbe Fee fort. Dann ist heute der Tag, an dem du damit beginnen kannst. Das macht so viel Spaß und eröffnet einfach ungeahnte Möglichkeiten. Angelikas strahlendes Lachen besteht aus mindestens 54 perlweißen Zähnen.

Ja, wir sind hier im Waldviertel, Alba. Das ist ein bisschen wie Island. Magie passiert täglich und ich bin heute deine spirituelle Reisebegleitung.

Du warst in deinem früheren Leben Virginia Woolf
oder Moment, warte Mal. Ich bekomme Ingeborg
Bachmann. Genial oder? Schreibst du Alba? Und
warte… Mit Gustav Klimt war da auch irgendwas. Auf
jeden Fall warst du Ingeborg. Prost übrigens.

Auf jeden Fall Ingeborg

Thomas Blick ist weich und wach. Seelig blickt er Alba
an. Er verehrt Ingeborg Bachmann. Und Virginia
Woolf. Und jetzt trifft er gleich beide auf einmal
mitten im tiefen Waldviertel im 21. Jahrhundert.

Alba fühlt, wie ihr Herz anklopft. Wieder wie so oft im
letzten Jahr hat sie dieses warme Ziehen im Körper
und ein bisschen Gänsehaut im Nacken. Genau eine
Sekunde bevor sie in Aktion tritt. Als Muse. Fee. Alba
ist kein Engel. Alba verschenkt Flügel.

Die Idee schwingt in ihr. Es ist, als würden sich
einzelne Punkte einer Zeichnung zu einem Bild
zusammenfügen. Ver Sacrum. Thomas gibt Alba ein
Glas Weißwein in die Hand und Alba gibt Thomas
einen kleinen Schlüsselbund in die Hand. Das Haus
steht in Wien, 19. Bezirk in der Nähe vom
Olympiapark. Vier Wohnungen sind frei. Ab heute ist
es das *Ingeborg Virginia Bachmann Woolf Haus* für
junge Autorinnen, die hier zwei Jahre sorglos
schreiben und denken dürfen. Und Sie sind bitte der
Kurator, Thomas.

Wäre das okay für Sie? Einen Augenblick lang bildet Alba sich ein, Elfenohren durch die Locken blitzen gesehen zu haben. Call it magic...

...and if you were to ask me
After all that we've been through
"Still believe in magic?"
Well yes I do
Well yes I do
Well Yes I do
Well yes I do
Of course I do

Angelika, die wunderschöne Frau im gelben Kleid klatscht begeistert in die Hände. Sie findet die Idee ganz zauberhaft und sowieso vom Schicksal vorherbestimmt und sie lädt die ganze Runde in ihr Haus ein, wo regelmäßig Soireen stattfinden. Ein paar Freunde werden kommen. Alexandra singt Soul, Steve trommelt, ein Mann der nur Englisch spricht, spielt Saxophon, Fee macht Poetry Slam, Cornelia ist Energetikerin und Engel, Franz malt. Nur nackte Frauen. Achtung Alba, er will dich bestimmt auch malen. Und Elsbeth heilt Menschen mit ihren Händen. Und ich. Am liebsten tanze ich und lasse meine Röcke schwingen und sehe den Menschen in die Seelen. Wie meine Oma. Und meine Uroma.

Du bist die Inspiration für meine nächste Geschichte, eine echte Jenische, sagt Thomas nimmt ihre Hand und dreht sie im Kreis.

Alles alte Seelen, fährt Angelika fort und nimmt Alba an der anderen Hand, um sie mitzuziehen. Alle tanzen ausgelassen durch den Hof. Alles Künstler. Musiker, Maler, Dichter, Denker, Heiler. Alles Menschen...

...die erbarmungslos ihrem Herzen folgen, vollendet Alba den Satz.

ENDE und Anfang...

Epilog

Im Eingangsbereich des wunderschönen alten Streckhofes von Angelika hängt ein Portrait von Alma Mahler, der Muse des 20. Jahrhunderts neben dem Portrait ihrer jenischen Großmutter. Im Garten steht ein alter Zigeunerwagen. Davor brennt schon der Funk, wie die Jenischen zum Feuer sagen.

Alba holt ihr Büchlein hervor und setzt sich ans Lagerfeuer.

Du hast nur eine einzige Aufgabe hier auf dieser Erde. Du sein! Du sein! Dein Herz ist Dein Navi. Es schwingt wie ein Schmetterling und nur so verbindet es Dich mit anderen Menschen und mit Dir. Und jetzt tu mir einen Gefallen: Verbinde Dir die Augen und folgen Deinem Herzen ... blind!

Literatur, die im Buch erwähnt wurden.

Thomas Sautner, Fuchserde (Empfehlung!!)
Virginia Woolf, Orlando (Klassiker!!!)
Virginia Woolf, A room for one´s own (Yes!)

Danke Elmo.

Dass du mir die Zeit geschenkt und den Blick geschärft hast.

Sonja D. Stern, Autorin, Wien 2019